漫時光

成何體統

七英俊　著

·上卷·

高寶書版集團

目錄

第一章　社畜穿書

王翠花是個職場社畜[1]，人如其名，土味中透著一絲幽默。入職兩年，飽受上司和客戶刁難，縱然有滿腔抱負也被磨平了稜角。

更何況，她原本也沒什麼抱負。她的人生信念是得過且過，唯一的愛好是看網路小說——與其說是愛好，不如說是條件所迫，畢竟上下班坐捷運的時間太長，沒別的法子打發時間。

兩年下來，王翠花閱文無數，基本上看三行就能預判接下來的套路。

今天下班路上，她點進了一篇無腦穿書文。

文名叫《穿書之惡魔寵妃》，聽名字就是垃圾。王翠花之所以看得下去，是因為這篇文的開頭跟她本人此刻的處境幾乎一模一樣。

——「馬春春是個平平無奇的社畜，這天在下班路上，她點進了一篇無腦宮鬥文……」

這是在寫我自己嗎？王翠花略微提起一點興趣，接著往下讀。

馬春春意外穿進了宮鬥文《東風夜放花千樹》裡，成了故事中的炮灰女。

這炮灰女的人生是個悲劇，身不由己被選秀進宮，又身不由己被捲入宮鬥，掌管她生殺大權的皇帝還是個蠻不講理的暴君。炮灰女為了自保，與人抱團迫害女主角，最後慘死於宮鬥之中。

而集萬千寵愛於一身的女主角卻心機深沉，一面對暴君虛與委蛇，一面與某王爺暗通

1 社畜：日語中形容上班族的貶義詞，指被公司當作牲畜一樣壓榨的員工。現多用於自嘲。

款曲，最後還幫王爺暗殺了暴君，你登基來我封后，走向了人生巔峰。

馬春春穿成了炮灰女，立即展開了逆襲事業，幾番算計，搶在女主角前面吸引了王爺的注意力，成功搶奪了屬於女主角的路線，在逼死暴君的同時還將女主角賜死陪葬，終於當了千古一后。

王翠花讀到此處，興味索然。她看文太多，同樣的逆襲套路已經看過至少十八遍。她正想退出來換一本無腦爽文接著打發時間，只聽耳邊轟然一響，視野被白光淹沒。天旋地轉間王翠花穿進了手機，一頭扎進了自己嗤之以鼻的穿書文裡。

王翠花醒來後十分冷靜，第一個反應是找鏡子，確認自己穿成了誰。《穿書之惡魔寵妃》原文沒有插圖，但外貌描寫還算詳盡。炮灰女走的是寡淡小白花路線，被馬春春接管之後才靠一手化妝術驚豔世人。

王翠花望見鏡中那明顯未施粉黛、得天獨厚的豔麗臉蛋，瞬間陷入絕望。想來也該知道，炮灰女已經被別人占了，不會再留給她。而她呢，穿成了那個註定要被炮灰女迫害而死的原女主角——庾晚音。

庾晚音一陣焦慮。

這篇文她看得一目十行，只記得人物大致的命運軌跡。

看自己現在的打扮，應該是剛入宮為嬪。

炮灰女與她同時進宮，此時已經被穿，很快就會遇到真命天子——出身低微卻文韜武略的端王。他們即將花前月下十萬字，然後情天恨海兩百章，最後運籌帷幄取暴君而代之。

暴君死後，庾晚音被賜了三尺白綾，從哭求到下葬一共只用了三百字。

庾晚音心知肚明，炮灰女只是名義上的炮灰女，在《穿書之惡魔寵妃》的世界觀裡，她才是真正的天選之女，而自己只是她天選之路上的絆腳石，根本沒有一搏之力。

自己想要活下去，最佳選擇還是搶在炮灰女之前去找真命天子端王。

但她憑直覺知道這不可行。

首先，炮灰女是個惡人。

文名叫「惡魔寵妃」，炮灰女的人設就是睚眥必報、心狠手辣，她一反傳統的真善美路線，憑著層出不窮的手段笑到最後。

現在炮灰女和女主角都被穿了，兩個穿書的拿了同樣的劇本，在搶奪同一條生存主線，說不定要為了端王互使陰招，殺得天昏地暗、九死一生。

其次，端王也是個惡人。

雖然原文裡對他的描寫是多謀善斷、膽識過人，但是視角決定立場，在如今的庾晚音看來，他就是個城府頗深的大反派。兩個穿越者在他面前殺得道高一尺，魔高一丈，他看在眼中，不可能不起疑。

自己就算最後滅了炮灰女，助他上了位，也會被他兔死狗烹、卸磨殺驢。

經過簡單的計算，庾晚音得出結論：自己只能另闢蹊徑。

在這個全員惡人的故事裡，她想殺出一條血路，就得當最大的那個惡人，先幫助暴君幹死端王，然後再幹死暴君，直接當女帝。

庾晚音思量的當口，一個俏生生的丫鬟走了進來，蒼白著一張小臉對她說出標準臺詞：「小姐，奴婢為您梳妝，今夜您可要好好服侍陛下，萬不可大意……」

「今夜？」庾晚音吃了一驚，明白過來。

她穿來的時機正巧，今夜輪到她侍寢。

瞧著這小丫鬟欲言又止、想勸又不敢的表情，便知道原主對此是心不甘情不願的。

按照原文劇情，她會因為心繫端王而對暴君百般推拒，最後實在推託不過，還在床上落下一滴絕美梨花淚。

暴君見狀笑了笑，一腳把她踹進冷宮。

端王進宮時原本會在冷宮偶遇她，卻在門前被炮灰女勾搭走了。失去與真命天子兩情相悅的機會，她將從此淪為與炮灰女爭風吃醋、暗中使絆子的跳梁小丑，命運就此滑向深淵。

庾晚音想要翻盤，今晚是最後的機會。她一定要打動暴君，跟他達成戰略合作，將端王和炮灰女摁死再說。

庾晚音對此志在必得。

炮灰女能憑化妝技術改頭換面，她堂堂女主角為什麼非要素面朝天？大家都是社畜，誰還不會拍兩句馬屁哄哄客戶？庾晚音早就看明白了，這種文裡的皇帝扮演的就是客戶的角色，要你陽光還要你風情不搖晃，看你癡狂還看你風趣又端莊。

她在公司被摧殘了兩年，早已經驗豐富，不信哄不好這個傳說中的暴君。

庾晚音笑道：「那個誰……」她回憶了一下，「小眉啊，妳幫我梳個髮型就好，剩下的我自己來。」

她研究一陣子面前的古代化妝品，傅粉描眉，抹了唇脂，貼了花鈿，將本就美豔無雙的一張臉修飾得宛如剛化形的狐狸精，在丫鬟震驚的注視下換好裝束。

「如何？」

小眉越發欲言又止，「小姐啊，這打扮會不會太過張揚？」

「問題不大。」庾晚音胸有成竹，因為在原文裡，暴君就吃這一套，炮灰女走上妖豔路線後還得了幾分聖寵。而以女主角的顏值基礎，這一亮相的殺傷力只會翻倍增長。

既然橫豎躲不過，不如化被動為主動，以出征的心態笑對人生。

庾晚音一路沐浴在太監、宮女的注目禮中，被送去帝王寢殿。

一腳邁入殿中，只覺得氣溫驟降了兩度。

室內寂然無聲，透著一股死氣。暴君長期患有偏頭痛，正躺在床上讓人按著太陽穴，大半身形被床幔遮擋，從庾晚音的角度，只能看見從床沿垂落的一隻蒼白的手。

負責按摩的醫女戰戰兢兢，就怕哪下按得不合他的意，直接被拖出去埋了。

引路太監道：「陛下，庾嬪來了。」

庾晚音風情萬種地往床前一跪。

她能感覺到有兩道視線落在自己頭頂，然而等了半天，只聽見床幔中傳出一句：「滾吧。」

語氣冷淡中透著疲憊。

庾晚音震驚抬頭，原文裡絕對沒有這一齣！

暴君的侍衛也很暴躁，一聽這話，雖然不知她何處招惹了暴君，仍舊立即上前一左一右擒住她，便要將人往外拖。

庾晚音：？？？

庾晚音還沒想好怎麼為命運搏鬥一下，侍衛的動作又停住了。

床幔中的聲音帶了一絲煩躁：「她不留下侍寢就得死嗎？」

侍衛：？

侍衛不解其意，總之跪地謝罪肯定沒錯，「陛下饒命。」

暴君更不耐煩了，庚晚音只看見那蒼白的手隨便揮了揮，所有宮人魚貫退出，偌大的殿中頓時只剩下她。

庚晚音跪了半天，見暴君沒有開口的意思，大著膽子伸手挑開床幔。

當朝皇帝夏侯澹，姿容絕世。

庚晚音看文的時候就在內心吐槽，原文作者肯定是個顏控，不僅將男主角端王的臉龐形容得天上有地上無，就連身為反派的皇帝都貌美得毫無必要。

此時近距離一看真人，衝擊力更大。

眉眼如墨，唇紅似血，長得沒有一絲正派氣息，陰沉沉的戾氣纏繞在眉目之間，像千年高僧都超度不了的妖孽。

庚晚音頂著個狐狸精妝容，跟他一打照面，就深刻地理解了「小巫見大巫」的字面意思。

對方沒想到她會湊過來，皺眉看著她，仍舊沒說話。

庚晚音被他的氣勢所懾，準備好的臺詞拋到了九霄雲外。

兩人就這麼莫名其妙地四目相對，僵持半晌，夏侯澹薄唇一張，終於開口：「那個誰……」

庚晚音：？？？

庚晚音提醒道：「庚嬪。」

當朝暴君從善如流道：「庚嬪啊，妳自己打個地鋪湊合一晚吧。」說完原地翻了個身，就想入睡。

庚晚音整個人都傻了。

她僵在原地，回憶著見面以來這皇帝的一言一行，仔細琢磨著那一絲詭異的似曾相識的感覺，終於忍不住試探道：「……陛下？」

當朝暴君再度不耐煩地轉過頭，「還有什麼事？」

庚晚音夢遊般地問：「How are you？」

夏侯澹沉默良久，眼眶一紅，「I'm fine, and you？」

十分鐘後，原文裡的兩大反派相對而坐，開始互通有無。

夏侯澹道：「我兩個小時之前剛穿進來。那時我正躺在遊輪上，曬著太陽喝著香檳玩手機，手機裡跳出一個弱智廣告頁，推了這篇文給我……我眼睛一閉一睜就成這樣了。」

庚晚音道：「兩個小時之前？曬太陽？那時我正在下班路上，天都黑了，難道你在大洋彼岸嗎？」

夏侯澹點頭：「度假。」

庚晚音無語了，「你該不會是傳說中的霸道總裁吧？」

夏侯澹道：「霸不霸道我不知道，但我確實是個總裁，日子過得挺滋潤的。」他說到此處又是一挹膝蓋，「可惡啊！怎麼到了這麼個洗澡都沒蓮蓬頭的地方，還頂著顆腦瘤等死！」

他頂著那張蛇蠍美人臉，兩片殷紅的薄唇上下翻飛，場面異常迷幻。

庾晚音強迫自己接受這個設定，「……你先冷靜，你偏頭痛或許不是因為腦瘤，畢竟如果是腫瘤壓迫神經的話，應該還有別的臨床症狀。」

「真的嗎？妳確定？」

「不確定啊，我猜的。往好的方面想，萬一你是被人下了慢性毒藥呢。」

夏侯澹：？

夏侯澹道：「妳看過這篇文沒？我現在到底是什麼境況？」

庾晚音道：「看是看了，但是看得一目十行，不是很仔細。簡單來說，你媽恨你，你哥端王也恨你。你的妃子恨你，你的臣子也恨你。按照原著安排，我也恨你。」

「我做了什麼十惡不赦的事？」

庾晚音嘆了口氣，道：「你媽並不是你親媽，沒有好好教育你。你又患有偏頭痛，從小性格偏執，殘暴嗜殺。現在朝中的忠臣已經被你殺的殺，流放的流放。你還出臺了一堆垃圾政策，搞得民怨沸騰。按照原文發展，你將在接近結尾處被端王替天行道。」

夏侯澹道：「……我怎麼死的？」

庾晚音仔細想了想，說：「忘了，那時候我看得十分疲憊，連跳了好幾頁。好像是被刺殺的，但到底是哪年哪月、誰來刺殺，我就真的說不出來了。」

庚晚音開始相信面前之人真的是個見過風浪的總裁了。因為他沉思良久，居然心平氣和地問：「那妳呢？妳這個角色，看臉似乎也不是好人。」

庚晚音承認：「是反派。按理說這種言情文女主角，身邊都有一堆極品家人和背後捅刀的閨密。由於我是個反派，所以沒有這麼詳細的設定。我好像是被家族送進宮當棋子的，但我愛上了端王，於是處處對炮灰女使絆子，最後自然是輸得很慘。你死之後，我也給你陪葬了。」

夏侯澹道：「哦。」

他們對視一眼，在這一瞬間達成了共識：要想活下去，必須戰略合作、「狼狽為奸」。

夏侯澹提出第一個提案：「我現在就把他們兩個殺了。」

他終於說了一句與自己的臉不違和的臺詞。

庚晚音搖搖頭：「八成不可行。你的權力已經被架空得差不多了，想殺端王沒那麼容易。而且他們兩個才是原作裡的天選之子，所有主線劇情都是為他們服務的。如果直接把他們殺了，等同於讓這本書腰斬。到時候我們還能不能活下去，就是未知數了。」

「所以妳有什麼提案？」

「只能先控制變數，一點一點地改變劇情，看看會引發什麼後果，再做打算……」

夏侯澹豎起一根手指，「慢著。在原作裡，我們這兩個角色並不是穿書的吧？既然我們來了，炮灰女還會被穿嗎？如果我們三個都是穿的，那端王呢，還是原主嗎？」

庾晚音道：「我有個主意，可以確認他們的身分。」

第二天，炮灰女謝永兒正在鏡前梳妝，小丫鬟突然小跑進來，興奮道：「小姐，聽說陛下要舉辦一場宮宴，所有妃嬪都可參加呢。妳可要好好打扮一番，我近日學了兩個時興的髮型……」

謝永兒笑道：「妳的點子真多。」她看似柔順和善地任由丫鬟搗鼓自己的頭髮，眼中卻閃過一絲暗光。

誰也不知道，所謂的「謝永兒」已經換了芯子，此時此刻，掌管她身體的是穿進書中的馬春春。

馬春春並不知道世界上存在一本名叫《穿書之惡魔寵妃》的穿書文，也不知道已經有人從更高處閱覽過自己的一生。對她來說，自己是在瀏覽一本名叫《東風夜放花千樹》的宮鬥文時穿進了這個世界，是全場唯一的真人，全知全能，掌握著所有紙片人的命運。

比如，女主角庾晚音已經對端王夏侯泊芳心暗許，在昨夜因服侍皇帝不周而被打入冷宮。今天，端王會在冷宮門前與她再次邂逅，結下情緣。

而自己要做的，就是搶在她之前，在半路上堵住端王，將原本屬於她的劇情主線據為己有。

想到此處，謝永兒狀似無意地轉頭問丫鬟：「晚音姐姐昨夜去侍寢，也不知道現在如何了。可有消息傳出？」

丫鬟道：「聽說陛下昨夜龍心大悅，今早下了旨，將庚嬪封為庚妃。」

謝永兒手一抖，一支釵子掉到桌案上。

怎會如此？難道是自己的到來，讓原本的劇情線產生了偏差嗎？

但是沒關係，她可以穩住。只要牢牢抓住主線劇情，她的前路就是一片光明。

謝永兒換了身不顯身分的便服，化上了引以為傲的精緻妝容，憑著對《東風夜放花千樹》原文的記憶，在後宮兜兜轉轉，早早摸到了冷宮附近，在端王的必經之處守株待兔。

她知道再過不久，端王就會來此地，與宮中的線人暗通情報。

片刻之後，果然有腳步聲傳來。謝永兒回頭，只見年輕的王爺緩步而來，一身白色蟒袍，頭戴金冠，腰繫玉帶，清貴無匹。

他驟然在冷宮附近遇到人，絲毫不顯慌亂，只是自稱迷路，帶著令人目眩的翩翩風度向她問路。

謝永兒含羞帶怯地回望過去，成功捕捉到對方眼中的驚豔。

她沒有表明身分，只說：「我帶你去吧。」

他們並肩同行，相談甚歡。直到接近目的地時，她才退了一步，道：「再往前我就不方便去了，殿下慢行。」

她這才自陳身分：「臣妾乃是宮中嬪妾。」

端王一愣，問：「妳是何人？」

端王眼中流露出一絲失望之色，「我還當妳是女官……」

謝永兒看著他依依不捨的背影，嘴邊揚起一絲笑意。

大局已定。

翌日，謝永兒還是不得不赴宮宴。

她隨著其餘妃嬪按照品級魚貫落座，悄悄抬頭，望見傳說中的暴君。

夏侯澹一手撐在案上，懶洋洋地斜坐著，長髮未綰，流瀉而下，豔色近妖。如果不知道此人皮囊之下殘暴的本性，恐怕只看一眼便要被其蠱惑，摔得粉身碎骨。

令她驚訝的是，暴君身邊竟然有一道倩影緊緊與其挨著，斟酒添菜，小意服侍。

庾晚音封了妃，連裝備也升級了，石榴宮裙金步搖，春風得意的笑臉燦若煙霞。她本就生得嫵媚，再與夏侯澹湊到一處交頸貼耳，場面堪稱失控，就跟盤絲洞開張了似的。

謝永兒有些詫異。看來自己的到來確實更改了劇情，這庾晚音竟然沒有惹怒暴君進冷宮，而是得了他的歡心，還封了妃。

當然，自己並不稀罕那短命的妃位，誰能笑到最後還未可知。

想到這裡，她越發低調，只管低頭混在人群裡，並不想引起不必要的注意。

然而事與願違，酒過三巡之後，她聽到庾晚音千嬌百媚地進言：「陛下，現在氣氛正好，不如讓眾位姐妹獻上歌舞，一展才藝啊。」

謝永兒知道這女主角肯定提前準備了歌舞，想藉機出風頭，心中不屑地冷笑。

偏偏那暴君不知被她灌了什麼迷魂湯，拍手稱讚道：「好主意，要是誰演得不好，便就地埋了吧。」

妃嬪們頓時篩糠似的抖成一片。

謝永兒冷眼看著堂上那對草菅人命的惡人，殊不知那對惡人正在用眼神交流。

夏侯澹：我演過頭了？

庾晚音：沒有，挺還原的。

妃嬪們為了保命紛紛獻藝，一時絲竹聲聲。

謝永兒是穿書來的，並沒有學過什麼古代歌舞。但她也不怵，胸有成竹地搬出個東西，寂寞如雪地往堂上一坐。

「陛下，這是臣妾閒來造出的一樣樂器，獻醜了。」

夏侯澹道：「嗯，這東西……」

是吉他。

夏侯澹在桌子底下猛掐自己的大腿，以免笑場。

夏侯澹繼續道：「……看著挺新鮮。」

謝永兒寂寞如雪地彈出第一句。

庾晚音把頭埋得很低，努力控制表情。

是〈卡農〉。

夏侯澹道：「……好，好。」

庾晚音低頭，恰好看見他猛掐自己大腿的動作，頭頓時埋得更低了。

謝永兒彈著彈著，錯了一個音，但是仗著全場無人知曉原曲，面無愧色，一臉坦然。

庾晚音也開始掐自己大腿。

謝永兒一曲結束，見庾晚音氣得面容扭曲，不由得生出一絲快意。妳是女主角又如何？我照樣可憑著才學絕地翻盤。

夏侯澹道：「好、好。」

一曲彈罷，謝永兒回席了。

夏侯澹舉杯喝酒，藉著酒杯遮掩低聲說：「是穿的。」

庾晚音點點頭回：「顯然。」

夏侯澹道：「而且看起來好像不太聰明的樣子。」

庾晚音道：「不不不，勸你不要小瞧她。」

恰有內侍稟報道：「端王來了。」

夏侯澹放下酒杯，陰惻惻地笑了一聲，笑得身周眾人又抖了抖，才道：「可算來了。」

端王夏侯泊上前行禮。夏侯澹懶洋洋地賜了座，問道：「皇兄此去戍邊，可還順利？傷勢已大好了？」

端王之前自請隨軍去戍邊，打了幾場漂亮的勝仗，還與幾個武將打成一片。他智勇雙全，早已聲名在外，邊境的百姓只知有端王，竟不知朝中皇帝姓甚名誰。

但他面對皇帝卻一派溫良和善，笑道：「臣無能，騎馬時滾了一跤。已無大礙。」

庾晚音雞皮疙瘩都起來了。

她剛才還頻頻笑場，此刻對著這麼個笑面虎，終於切實感受到鍘刀懸在頭頂的涼意。

這位大兄弟如果也是穿來的，那奧斯卡欠他一座小金人。

夏侯泊陪著皇帝聊了幾句，目光不經意地掃過席間，與謝永兒對上了。

謝永兒心頭狂跳了一下，忽然聽見皇帝指著自己說：「這位謝嬪剛剛還在拿自創的樂器彈小曲，挺有趣的。」

夏侯泊的目光落在她的吉他上，眉頭微微一挑，並未露出其他表情，「哦？」

夏侯澹便吩咐她：「再彈一首給皇兄聽聽。」

謝永兒這次彈的是〈愛的羅曼史〉。

這首她應該很久沒練了，又沒有樂譜，索性放飛自我，彈得相當天馬行空，時不時自創節拍。

夏侯泊垂眸聆聽，舉杯淺啜，似乎樂在其中。他既沒露出新奇的神色，也沒有任何笑場的跡象。

謝永兒纖纖玉指撥著弦，悄然抬眼朝他望去，眸中似是春水脈脈，近看才會發現閃爍的全是求生欲。她要牢牢抓住天選之子的心。

夏侯泊沒在看她。

他不著痕跡地瞥了皇帝身旁的庾晚音一眼，神情若有所思。

謝永兒心裡「咯噔」一聲，又彈錯了一個音。

她這一彈錯，庾晚音的視線「唰」地射向端王，目光炯炯，被夏侯澹拿手肘一推，才眨眨眼收斂一下銳光。

夏侯泊驟然與這雙眼睛相對，還是一副波瀾不驚的樣子，溫文爾雅地一笑。

一曲聽罷，他拊掌笑道：「果然仙音悅耳。」

庾晚音失望地收回視線。

身旁的夏侯澹動了動嘴角，低聲問：「再來一首？」

庾晚音道：「應該沒用，他要麼是沒穿，要麼就是不聽音樂。」

夏侯澹道：「妳去做套健康操？」

庾晚音難以置信地看了他一眼。敵友未明，怎麼能一上來就暴露身分？

夏侯澹也反應過來，不說話了。

夏侯泊將皇帝與這新晉寵妃的親密互動盡收眼底，小坐片刻後便溫聲請辭了。

宮宴結束，夏侯澹長嘆一聲：「無法判斷他有沒有穿啊。」

「我本來真心希望他已經被穿了。」庾晚音道：「因為原主跟你之間，可謂仇深似海。」

夏侯泊作為原文男主角，走的是復仇路線。

他雖然先於夏侯澹出生，卻是身分低賤的宮女所出。那宮女只是皇后的侍女，被先帝看上承了雨露，母憑子貴封了個嬪。皇后表面上與她姐妹相稱，卻在某次宮鬥被人抓住把柄後，毫不猶豫地將她推出去揹了鍋。

宮女被杖斃時，夏侯泊已經記事，親眼看著母親慘死於面前。

兩年後，皇后誕下太子夏侯澹。又過兩年，皇后病逝。

後來，皇帝冊封了新的皇后。那位年輕的繼后，也就是如今的太后，膝下無子，成了太子名義上的母親。她樂於在人前彰顯對太子的溺愛，方式通常是欺凌其他皇子。宮人看她臉色行事，更是變著法子折辱那些沒有靠山的小崽子。

夏侯澹念書時說了句「無聊」，夏侯泊便被叫去當陪讀，那之後的每一天都像在地獄裡苦苦掙扎——小太子總是在頭痛，而他頭痛的時候，身邊必須有人比他更痛。

夏侯泊成年後出宮分府的那一日，心中只剩四個字：血債血償。

如果這位端王還是原主的話，他跟夏侯澹之間絕無講和的餘地，不是你死就是我亡。他會一步步蠶食皇帝的勢力，直到將之踩在腳底，永世不能翻身。

庾晚音原本希望他被穿，但今日一見，這傢伙如果是穿來的，就更可怕了。

畢竟，〈愛的羅曼史〉奏於耳邊而不動聲色，那絕佳的演技，那從容的氣度，尤其是那雙深沉的眸子，非野心之輩不能擁有。看來是打算來此一展身手，將成王之路進行到底了。

無論是哪種情況，情勢都相當危急。

不過，或許是錯覺，她總覺得這位天選之子今天多看了自己幾眼。

難不成自己已經露出馬腳了？

入夜後，安賢伺候著夏侯澹更衣，照例問了一聲：「陛下今日可要召人侍寢？」

便聽皇帝隨口說道：「庾妃。」

安賢心下頗為震驚，連續三晚了。

他作為服侍帝王多年的老太監，太清楚夏侯澹的心性了。這些年來，從這座宮裡拖出去的死屍都能堆成一座小山了。安賢能在此安然無恙地活到今日，已是燒了高香。

皇帝性情暴戾無常，又患有頭痛之疾，枕畔根本容不下旁人。偶有不幸被翻牌的妃嬪，通常都沒什麼好下場，一個伺候不周就要受罰。至於受罰的形式，那得看他當時的心情。

萬萬沒想到，突然有個庾晚音橫空出世，莫名其妙就得了聖寵。

這庾妃究竟有何過人之處？

安賢腦中千頭萬緒，一時沉默，陡然間感到冰涼的手指捏住他的下巴，迫使他抬起頭。

夏侯澹望向他的目光就像在打量牲口，語氣卻低柔到令人汗毛倒豎。

「有問題嗎？」

安賢打了個寒顫，「奴婢這就去請。」

安賢沒有派人通傳，而是紆尊降貴親自前去接人，甚至笑吟吟地奉上一盒雕工極精的首飾。

「庾妃娘娘如此容貌，戴上這些，陛下肯定喜歡。」

庾晚音依稀記得原作裡這個老太監，人設就是根牆頭草，曲意逢迎，欺軟怕硬。文中謝永兒上位之後，這傢伙也搞了這麼一齣示好。但謝永兒還記著他當初羞辱自己的仇，反手摔碎了首飾，找個由頭將他送進大牢。

庚晚音接過那盒首飾，商業假笑道：「多謝公公。」

安賢笑咪咪地搓了搓手，道：「娘娘若還缺點什麼，儘管吩咐。」

庚晚音想了想問：「有火鍋嗎？」

安賢：？

第二章　新晉寵妃

寢宮裡架起了小火鍋。

宮人退下後，暴君搬了把小板凳，與新晉寵妃圍著火鍋相對而坐。

庾晚音涮了塊毛肚送入口中，「我總覺得少了幾種佐料。」

「有就不錯了，吃吧。」夏侯澹無精打采地戳著盤中羊肉，「也不知道還能吃幾頓。」

庾晚音嗆了一下，「別說這種喪氣話。」

「妳不知道我上朝的時候，那氣氛有多恐怖。滿堂大臣沒有一個說正事，這個勸我去哪裡玩，那個勸我吃點什麼。怎麼講呢，就像大型臨終關懷現場。」

庾晚音道：「沒辦法，你這身體的原主把良臣全趕跑了，只剩哄你玩的。尤其是武將，現在全歸端王陣營。其實吧，你穿來的時機有點晚了，該作的大死都作完了，現在想釜底抽薪，都沒人手替你去抽……」

庾晚音置身事外般評價了幾句，一抬頭，見夏侯澹以手扶額閉著眼睛，面色慘白。

她頓了頓，問：「真有那麼痛？」

夏侯澹睜開眼睛，笑道：「原主腦子不好，怕不是被疼傻的。」

庾晚音低頭又下了塊毛肚，沒讓他看清自己的表情。

她穿來已經三天了，受求生本能驅使，腦子一刻也沒有停止運轉，一直在思量最佳生存路線。為此，她也評估過身邊這幾個角色。

天選之女謝永兒，暫時沒看出水準。

天選之子夏侯泊，無論穿或沒穿，都不是易與之輩。

而這個同是天涯淪落人的夏侯澹——說實話，除了適應能力還可以，暫時沒看出有什麼過人之處，甚至還有點不牢靠。

更何況，原主被那偏頭痛活活逼成了神經病，換成他又能抵抗到幾時？

身在死局，自己與這人聯手，真的能幹掉端王嗎？

想到這裡，她故作輕鬆地開口：「我想試試拉攏謝永兒。畢竟她是天選之女，又是端王的重要助力，能跟我們站在同一邊的話，勝算就大得多。而且仔細一想，大家都是穿來的，無非都想活命罷了，把話說開了還鬥什麼呢？」

其實她考慮的不只這些。

她不知道夏侯澹看出了多少，但他沒有提出異議，「行，明天妳去與她接觸。那我呢？」

「你……」庾晚音緩緩回憶著原文劇情，「你去接觸一個叫胥堯的人吧。他是端王的謀士，智商很高，端王有很多行動都是他在背後出謀劃策……靠，鍋燒乾了！」

兩人忙著動腦筋，不知不覺竟忽略了沸煮的火鍋。

庾晚音聽聲響不對，驚跳起來，「水、水！」

「慌什麼，這呢。」夏侯澹走去提起一旁備好的湯壺，將高湯倒了進去。

腳步聲響起。

庚晚音緩緩回頭，看見門邊滿臉震驚的小宮女。

小宮女適才雖然被摒退，但還是守在門口隨時待命。她聽見裡面傳出呼喊聲，慌忙推門進來，正看見那位酷愛埋人的暴君手提湯壺，往火鍋裡加水。

庚晚音僵硬地轉頭看著夏侯澹。

夏侯澹輕輕放下湯壺，背過手，朝那宮女瞥了一眼。

他身上明明還沾著一股火鍋味，這一眼卻瞥得目下無塵，薄唇一勾，勾出一絲冷笑。

彷彿他加湯加得天經地義，只是對方該把眼睛摳出來。

小宮女雙腿一軟就跪了下去，恨不得將臉埋進地裡，「奴婢該死。」

夏侯澹又盯著她的頭頂望了三秒，才輕飄飄地開口：「滾。」語氣輕柔，帶出三分瘋勁。

小宮女滾了。

庚晚音福至心靈，回憶起初見時夏侯澹的表現，忽然用陌生的目光打量他，「你是不是演技很好？」

夏侯澹扶正小板凳重新坐下，「還可以，談生意免不了虛虛實實，練出來的。」

「……倒也不必練到這種程度吧！」

「剛說到哪了？那謀士叫什麼？」

「胥堯……」庚晚音心念飛轉，一陣振奮，「我突然很看好你。說不定你還真的能策反他。」

夏侯澹：？

庚晚音道：「這個胥堯之所以會站端王的隊，是因為你把他爹流放了。他爹是一代忠良，被你聽信讒言扣了個罪名，隨手發配到不毛之地。本來胥堯也得一起去，但端王暗中救下了他，從此讓他改名換姓藏身於王府，成了謀士。據說此人一直沒有放棄，還在暗中四處奔走，想接回老父。」

夏侯澹道：「那我去找他，就說能把他爹弄回來，條件是讓他歸順於我？」

庚晚音道：「沒有那麼簡單。他依舊會懷恨在心，質問你：『當初為何要錯勘賢愚，使家父蒙受不白之冤？』」

夏侯澹陰惻惻地冷笑一聲，道：「我不過是個被蒙住雙眼、捂住雙耳的瘋王罷了，是忠是奸，還不是一本奏摺說了算？」

庚晚音被他帶著入戲，擺出一臉不忿，「陛下既然已知那魏太傅信口雌黃，為何仍舊重用他？」

夏侯澹愣了一下，隨即放聲大笑，「魏太傅？胥堯啊胥堯，可憐你到今天還以為是那糟老頭子害了你爹？」

庚晚音提醒道：「不是很老。」

夏侯澹道：「胥堯啊胥堯，可憐你到今天還以為是那孫子害了你爹？」

庾晚音：「……」

庾晚音道：「那是誰？」

夏侯澹湊近她，惡聲惡氣地低語：「是誰未卜先知，保下你一條小命？是誰滿臉悲憫，將你收作了看門狗？」

庾晚音倒退一步道：「你……你胡說！」

夏侯澹笑了笑，大袖一甩，轉身就走，「你大可自己去查。」

他走出兩步，又停下來，回頭問：「怎麼樣？」

庾晚音道：「厲害。」

因為無法確知寢宮內外有誰的眼線，為免引起猜疑，庾晚音這幾晚並沒有另找床睡，還是宿在龍床上。

枕頭硬，被窩涼，空蕩蕩的宮殿裡陰風陣陣。龍床中央拿衣服擺了條三八線，兩邊各躺各的，偶爾出聲，聊的也是：「文裡寫過哪個宮人摸進來下毒嗎？」

「好像沒有，但我不敢打包票。」

庾晚音以前看文的時候，還會時不時隨著感情線發出姨母笑。可如今自己穿了進來，才覺得那些穿越文太不寫實，主角跟傻子似的，都不清楚還能活幾頁，居然有心思談戀愛。設身處地，她要是夏侯澹，絕對提不起興致。

翌日清晨，她頂著黑眼圈爬起來，對鏡一看，直呼不好，當即摸出妝奩——這妝奩也是安賢賠著笑臉塞來的。

等到夏侯澹更了衣，庾晚音已經化上了全妝。

夏侯澹經過她身旁時不經意地瞥了一眼，頓了一下，又回頭仔細看了一眼，道：「妳好像有哪裡不太一樣。」

庾晚音道：「今天這個叫社畜妝。溫柔和善，任勞任怨。」

夏侯澹：？

庾晚音道：「等下要去找謝永兒拋橄欖枝，看起來慈祥點總沒錯。」她也看了看夏侯澹，皺起眉頭，「你不是要去勾搭胥堯嗎？你這臉不行，過來。」

夏侯澹：？

暴君和妖妃慈眉善目地出了盤絲洞，兵分兩路去做任務。

夏侯澹上朝去了，庾晚音便回自己的偏殿。

她還在打聽謝永兒住在哪裡，謝永兒卻自己送上了門。

謝永兒感受到危機。

昨日她明明在冷宮門口攔截了夏侯泊，抹殺了他和庾晚音情竇初開的戲碼，轉頭卻在宮宴上看見那兩人你來我往的眉眼官司。

那寵妃一邊柔若無骨地依偎在暴君身側，一邊又拿眼神吊著端王。偏偏她豔若桃李，顧盼生姿，生動地詮釋了何謂天生的女主角。

難道說，夏侯泊命中註定要被庚晚音吸引，而自己無論如何都改變不了炮灰的宿命，必須像螻蟻一樣死去？

謝永兒不信命。

她總有種感覺，自己上下班路上不會白白看那麼多權謀文和宮鬥文，天生我材必有用。

謝永兒回去之後，與信得過的姐妹團合計了一番，針對庚妃的崛起，商量出一個簡單卻有效的對策。

這天她與幾個小姐妹相約，提著精緻的點心，笑咪咪地來串門了。

謝永兒道：「姐姐如今承蒙聖恩隆眷，還請別忘了宮裡親厚的妹妹呀。」

庚晚音：「……」都是穿來的，為什麼妳說話就有那味？

謝永兒打開食盒，稱是親手做了點心，勸她品嚐。

庚晚音：「……」

她拈了一塊甜酥，既怕有毒，又覺得天選之女出招不至於如此低級，一時舉棋不定。要是真的是這個智商，大概也沒有策反的價值了。

謝永兒看著她將一口未動的甜酥放到一旁，面上毫無反應，仍舊與她親親熱熱地聊著天。

在她們身後，謝永兒帶來的小丫鬟悄無聲息地挪動腳步，靠近牆角。

庾晚音鬆了口氣。還好還好，看來還是有高級招數的。

她沒去管小丫鬟的小動作，趕緊趁機刷好感度，「別提了，什麼妃啊嬪的，到頭來都一樣。永兒妹妹，我與妳說句體己話，那聖人今日能將妳捧上天，明日就能讓妳下地獄。」

謝永兒愣了愣，原文女主角是這個設定嗎？

她身後的小姐妹倒吸一口涼氣，紛紛勸庾晚音謹言慎行。

庾晚音道：「我信妳們不會說出去。我們女人在這種地方，原就是任人擺布的棋子罷了，若是還不互相照應，豈不是遂了臭男人的願？」

謝永兒：？？？

庾晚音說的很大程度上是真心話。

她拉攏謝永兒不是為了夏侯澹，而是為了她自己。

如果謝永兒能放下弄死她的心，她一點也不想宮鬥。兩個社畜鬥什麼鬥啊，坐下吃火鍋不好嗎？

她現在與夏侯澹戰略合作是不得已而為之，內心深處並不完全信任他。就算在最好的情況下，他們贏了，夏侯澹坐穩龍椅，反手將她卸磨殺驢，也只需說一句「妳知道的太多了」。體制註定她處於劣勢。

要在這個生存遊戲裡苟活到最後，談何容易？多一個朋友就少一個敵人，天選之女的大腿不抱白不抱啊。

然而，她又不能直接攤牌：其實我也是穿的。

因為根據原文，謝永兒跟夏侯泊是一對，此時已經開始談戀愛了。她告訴謝永兒，就等於告訴了夏侯泊，而那位端王會如何利用這個情報，她心裡沒把握。

庾晚音只能用這種方式偷偷地相勸：姐妹，別戀愛腦了，忘了男人吧，我偷電動車養妳。

庾晚音的努力完全白費了。

謝永兒望向她暗含急切的眸子，心中反而漸漸冷靜。眼前的只是個紙片人，她是不會跳出原文設定的，此時莫名其妙向自己示好，無非是為了麻痹潛在的敵人罷了。

幸好自己讀過劇本。

想到端王昨夜託人送進來的香囊，謝永兒覺得一切都在駛入正軌，形勢大好。自己只需更果決些，早早將這短命女主角扼殺在搖籃就行了。

謝永兒面上還在笑著，眼中卻難免流露出一絲不耐煩。她看著還在想臺詞的庾晚音，就像在看跳梁小丑。沒必要跟一個死人浪費時間。

小丫鬟對她悄悄打手勢後，她又坐了片刻，便起身告辭了。

走出偏殿，幾個小姐妹頓時圍住她。

「怎麼樣？」

謝永兒道：「成功了，庾晚音掛在牆角的那件衣裙，裙擺處已被染上了魏紫花汁。染得很隱蔽，她自己絕對發現不了。接下來只需等她穿上那衣裙，我們便可行動。」

「魏紫」是花名，只在牡丹園的一角種了幾株。

小姐妹中猶有人擔心，「只憑幾滴花汁，能成嗎？」

謝永兒笑道：「陛下多疑。」

「……」

跟在她身後的楚嬪遲疑片刻，小聲開口：「那庾妃生得妖豔，說起話來，倒像是性情中人。」

謝永兒沒有接話。

胥堯走出御書房，胸膛裡一顆心臟還在狂跳。

他是被祕密請進宮來的。

來的時候，他已經做好了九死一生的準備——那暴君會找他，就說明已經發現他隱藏的身世，說不定還知曉了他仍在暗中奔走，試圖從流放地接回老父。

但他萬萬沒想到，御書房裡等待自己的會是這樣一席談話。

夏侯澹不僅沒有殺他，還說可以饒恕他父親。

想到夏侯澹字裡行間暗示的意思，胥堯仍覺得不敢置信，當初魏太傅進言嫁禍於他父親，背後授意的，竟是端王？而端王轉頭又救下自己，兜兜轉轉一大圈，僅僅是為了將自己收作謀士？

胥堯不相信。

誰不知道那皇帝昏聵暴戾，就是個瘋子？

瘋子……會說實話嗎？

胥堯滿腹心事地出了宮，片刻之後，夏侯澹從御書房走了出來，隨手抹了抹泛紅的眼角。

他剛才演得太投入了，說到自己被人蒙在鼓裡難辨忠奸那一段，甚至還掉了兩滴淚。

胥堯當時的表情就像見了鬼。

天氣晴好，夏侯澹揮手遣退了龍輦，信步朝御花園走去。

庚晚音午睡過後換了身涼快點的衣裙，跑出偏殿曬太陽，不覺走到了御花園。

她正觀察著池塘裡的游魚，就聽到一陣急促的腳步聲。一個小太監朝她快步跑來，尖聲道：「娘娘，大事不好！」

庚晚音問：「怎麼了？」

小太監驚慌失措，口中含含糊糊說不出個所以然來。庚晚音依稀聽見「陛下」二字，朝他湊近了些，問：「什麼？」

她剛湊近，小太監驚呼一聲，順勢朝後倒去，一頭栽進池塘。他慌亂地撲騰幾下，口中喊道：「庚妃娘娘饒命啊，奴婢知錯了！」

庚晚音：「……」

她有所預感，緩緩回頭。

夏侯澹就站在十步外。

夏侯澹：「……」

庚晚音：「……」

夏侯澹看了這宮鬥文經典嫁禍現場一眼，轉身就走。

還在池塘裡撲騰的小太監：？

夏侯澹沒走幾步，小太監自己爬了上來，嘶聲道：「陛下，奴婢有事要奏。」

跟在旁邊的安賢道：「放肆！」

小太監不管不顧，口條突然變得驚人地好：「奴婢只是偶然間看見庾妃娘娘與一個男人同行，瞧背影似乎是個侍衛，被奴婢撞破就逃走了。奴婢多嘴問了娘娘一句，她竟將奴婢推入水中……」

夏侯澹道：「拖下去。」

侍衛愣了，「……陛下，拖誰？」

夏侯澹一指小太監。

小太監：？？

小太監垂死掙扎：「敢問娘娘今日有沒有到過牡丹園！」

庾晚音看他演得實在辛苦，捧場道：「沒有。」

小太監道：「那妳的裙角怎會有魏紫花汁？」

夏侯澹道：「拖下去。」

小太監：？？？

小太監被拖出三十公尺遠，仍舊不敢相信，用盡全力叫道：「陛下，奴婢還有證人！」

夏侯澹問：「在哪？」

侍衛停了手。

一個老宮人顫顫巍巍上前，跪地道：「啟稟陛下，老奴一直在牡丹園打掃……」

夏侯澹打斷：「一起拖下去。」

老宮人：？

一旁看戲的庾晚音眼睛都直了。

不是，看戲就看戲，您怎麼還狂按快轉的？

眼見著兩個告狀的都被拖遠了，夏侯澹又跟沒事人似的準備甩袖走人，庾晚音不得不咳嗽了一聲。

夏侯澹停下腳步望著她：？

周圍全是宮人，庾晚音努力用眼神傳遞訊息：大哥你OOC[2]了，雖然我不知道瘋子應該是什麼樣，但肯定不是你這樣。

夏侯澹頓了頓，好像真的領悟到了什麼，他緩步走到她面前，冰涼的手指猶如毒蛇般纏繞而上，撫上她的側頸。

他的語氣堪稱含情脈脈：「愛妃，妳不會背叛朕吧？」

庾晚音怯生生道：「臣妾對陛下的心意天地可鑑，陛下若是信不過臣妾……」

「怎麼會信不過呢。」夏侯澹摸了摸她的臉，「朕信不過的人，都已經死了。」

周圍的宮人紛紛低下頭，盡力降低存在感。

夏侯澹又笑道：「是誰嫁禍於妳，愛妃心中可有猜測？」

2　OOC，Out of Character 的縮寫，意為「不符合個性，預料不及」，常出現在角色扮演和同人文學中，指角色做出了不符合原著作品設定的舉止，有了原角色不可能做出的行為。

還能是誰，謝永兒唄。

這可是拉攏天選之女的好時機，庚晚音果斷說出挑好的臺詞：「臣妾不知。」

「真的不知？」夏侯澹陰森森地問。

庚晚音露出隱忍大度的苦笑，「陛下日理萬機，無須為這等瑣事煩心，況且臣妾也不願傷了後宮姐妹們的和氣。無論是誰，相信事情敗露，她心中也已悔過，陛下就給她一次機會吧。」

四周宮人聽得眼皮直跳。

千年的狐狸精突然扮聖女，指望著唬誰呢？

夏侯澹愣了愣，面色一緩，「愛妃竟有此心。」

唬到了！

四周宮人呼吸急促。

這一天，庚晚音的大名傳遍後宮所有角落。

謝永兒聽小丫鬟複述完案發現場的對話，眉頭一動，露出困惑的神色。

暴君竟對庚晚音信任到如此地步？更奇怪的是，庚晚音為何不指認自己？

因為她太笨，沒懷疑到自己頭上？應該不太可能。

因為她沒有證據，單憑一句話無法加害於自己？但依那暴君的性子，明明不需要任何證據……

排除異己的大好機會，庾晚音就這麼輕輕放過了。

謝永兒想起她那句「互相照應」，心念微轉，緊接著又覺出幾分可笑來——《東風夜放花千樹》全文裡，庾晚音遊走於皇帝和王爺之間，長袖善舞，滴水不漏，別的妃嬪全成了她成功路上的墊腳石。

如此演技，她說的話沒有一個字可信。

是夜，盤絲洞第一屆工作交流會議在小火鍋前勝利召開。

庾晚音道：「拉攏工作不太順利，謝永兒好像對我築起了很高的心防，一心當我是紙片人。」她嘆了口氣，「我又不敢冒著被端王發現的風險，跟她說大家都是真人……」

夏侯澹道：「不是啊。」

庾晚音道：「啊？」

夏侯澹道：「妳仔細想想，妳是真人，她不是。她是《穿書之惡魔寵妃》裡的角色，她的穿越者身分都是原作給的，包括性格和思考模式，都是早已設定好的。妳想勸她反水，應該很困難。」

庾晚音沒有往這個方向想過，此時經他提醒，才驚覺自己潛意識裡一直把謝永兒當成同類。

其實並不是同類嗎？

她一時有些沮喪，勉強掙扎道：「也別那麼快下結論，再看看吧。你跟胥堯談得怎樣？」

夏侯澹道：「我說我召回他父親只是一句話的事，他是聰明人，知道該拿什麼來換。但他走的時候失魂落魄，應該是受到衝擊，還在糾結要信誰呢。」

「挺好挺好，就照這個方向繼續。你現在沒有自己的勢力，要在夾縫中求生，必須攪亂一池渾水。」庾晚音幫他分析，「我這幾天一直在絞盡腦汁回憶原文。朝廷中的官員，七成是太后黨，三成是端王黨。」

夏侯澹問：「太后有可能幫我嗎？」

「你想得美。她是你後媽，年紀輕，心高氣傲，嫌你不聽話，一直將小太子養在身邊，想越過你當呂武[3]呢。不過你放心，書裡她一直在瞎折騰，到最後也沒翻出什麼水花，你還是被王爺幹掉的……」

夏侯澹錯愕道：「小太子？」

「你兒子。」

「我有兒子？」

3　呂武，此處指漢高祖的皇后呂雉和唐代的武則天。

「……」

庚晚音道：「有，就這一個，你十五歲時生的，今年七歲。」

夏侯澹花了半分鐘消化這則消息。

夏侯澹道：「那，我兒子的媽……」

「死了。好像是生完孩子病死的。」

夏侯澹苦笑道：「我現實裡都還沒結婚。」

庚晚音道：「不要在意這種細節。」

太后勢大，外戚把持朝綱，黨同伐異，搞得朝堂上人人自危。但這一派大多是些渾俗弄臣，成日貪贓枉法，只會耍耍嘴皮子功夫，把暴君哄得暈頭轉向。

而一群武將口舌笨拙，被太后黨的文臣欺壓多時，不知不覺，已被端王悄然納入了麾下。

庚晚音道：「我想了又想，只有一條路：讓他們內鬥。反正光腳的不怕穿鞋的，你可以隨便挑撥離間，最好引得他們殺個昏天黑地，再趁機渾水摸魚。至於怎麼演……」

夏侯澹比了個「ＯＫ」的手勢，說：「我即興發揮。」

盤絲洞第一屆工作交流會議圓滿結束。

吃完火鍋，庚晚音又想起一件事，「其實你被篡位有一個最大的導火線，是因為一場旱災。」

「什麼時候？明年？後年？」

「我不知道，在全書差不多三分之二的地方。」

夏侯澹：「……」

一目十行、不求甚解的庾晚音有些理虧，努力將功補過回憶細節，「旱災一來，國庫空虛，民不聊生。你非但沒有想辦法賑災，還聽信奸臣進言，大興土木造了個什麼神宮，用來祭天。餓死的人多了，到處都在舉旗造反，場面一片混亂……然後你就被刺了。」

夏侯澹道：「但妳不記得刺客是誰，也不記得是哪一天。」

庾晚音回：「……在倒數十幾頁的地方。」

夏侯澹扶額：「妳能記點有用的嗎？」

庾晚音怒道：「現在說這些也晚了，有總比沒有好吧！總之你被刺後端王打著勤王的旗號入宮，但你傷重不治。百官進言，說此時舉國情勢危急，太子年幼不堪大任，求他當皇帝穩固江山。於是他臨危上任，勵精圖治，終成一代明君。」

夏侯澹道：「我看出來了，妳看書時喜歡端王。」

庾晚音道：「……視角，視角決定立場。」

庾晚音繼續將功補過，「我覺得可以從根源上杜絕這場災禍！我們現在就去搜尋抗旱的作物，想辦法鼓勵大面積種植。」

夏侯澹豎起拇指。

庚晚音道：「事關重大，必須隱蔽行事，交給別人我不放心。我想去藏書閣翻翻資料。」

夏侯澹道：「那我就找個由頭，說妳要編書，把妳送進去。」

庚晚音道：「行。」

庚晚音心中竊喜。

這藏書閣建於皇宮邊緣處，有兩扇大門，一扇對內，一扇對外，以供大臣入閣閱覽。

她總得為自己留條後路，萬一夏侯澹玩不過夏侯泊，到時勤王的兵馬長驅直入，她說不定還能玩個狡兔三窟。

庚晚音剛想到此處，就聽夏侯澹補充道：「這樣也好，哪天我死了，妳在藏書閣喬裝打扮一下，說不定還能逃出生天。」

庚晚音愣了愣，心中一時說不出是什麼滋味。

這日早朝，中軍洛將軍班師回朝。

洛將軍驍勇善戰，先前燕國來犯，被他一舉打退了三百里——這本書的地理是架空的，大致在周邊設了些小國。

夏侯澹坐沒坐相地斜倚在龍椅上，一手按著太陽穴，敷衍了事地誇了幾句場面話，又道：「還得多謝洛卿照顧朕的皇兄。」

洛將軍道：「臣惶恐。」

夏侯泊就站在他斜後方，恭恭敬敬垂著腦袋沒有抬頭。

夏侯泊先前參軍戍邊，與將士們一同出生入死，早已混得情同手足。但洛將軍回來之前聽了端王的囑咐，在皇帝面前要表現出彼此並不熟識的樣子。

夏侯澹敷衍道：「嗯，賞點什麼呢……」

「陛下，臣有本奏！」戶部尚書出列，「洛將軍前日申領軍餉，不知為何比往年多了兩成。」

這戶部尚書正是太后黨的蛀蟲之一，扒著油水最多的戶部，食得腦滿腸肥。

「今年各地收成不好，國庫存糧大半用去賑災了，洛將軍這一下獅子大開口……」

一時間，太后黨紛紛出來拱火，圍著洛將軍橫挑鼻子豎挑眼。而端王黨慣於蟄伏，並沒有人出來表明陣營。

洛將軍一介武夫，說不過這麼多文臣，臉都憋成了紫紅色，滿腔殺氣幾乎掩蓋不住，直勾勾地抬眼瞪向皇帝。

夏侯澹問：「皇兄以為如何？」

夏侯泊：？

夏侯泊沒想到一貫獨斷專行的皇帝會突然把球踢給自己，醞釀一下才應對道：「既然存糧不夠，陛下心繫萬民，中軍理當為陛下分憂。」

夏侯澹微不可見地勾了一下唇角，眼底全是嘲諷。看來這「偉光正」的王爺，也並沒有真的把這些將士放在心上。

夏侯泊琢磨著讓將軍先記恨上皇帝，而自己囤了些私糧，回頭可以祕密接濟過去。雖然分到那麼多兵卒頭上不過杯水車薪，但至少姿態是擺出來了。

他還想說點什麼安撫洛將軍，卻聽堂上的暴君突然問道：「朕就不明白了，軍餉年年都是這個數，今年怎麼就突然不夠吃了？難道是邊疆日子過得太滋潤，一個個都長胖了？」

戶部尚書帶頭大笑，朝堂裡充滿了快活的氣息。

洛將軍終於忍不住爆發：「陛下，請容臣呈上一物，好叫陛下看看你的將士每天吃的是何物！」

兩個麻袋被呈了上來，安賢上前伸手入袋抓了一把，轉而送到夏侯澹面前。只見枯黃的米粒裡摻了三成細沙碎石。

洛將軍道：「這便是戶部發來的軍餉！」

戶部尚書尖聲笑道：「何處弄來的糙米，就敢顛倒黑白，欺瞞聖上？陛下明察秋毫，怎會信你！」

蒙蔽皇帝多年的文臣紛紛加入了冷嘲熱諷的隊伍，朝堂裡再次充滿快活的氣息。

夏侯澹站了起來。

他走到御前侍衛身邊，順手抽走了侍衛的長劍，大步跨下玉階，直直朝著臣子們走去。

皇帝又發瘋了。

戶部尚書起初還在看熱鬧，漸漸發覺他腳步的朝向，笑容逐漸消失，「陛下！」

夏侯澹提劍衝向他。

戶部尚書倒退幾步，摔了個四腳朝天，又爬起來邊逃邊喊：「陛下！」

夏侯澹窮追不捨。

戶部尚書繞柱走。

看呆了的侍衛們終於反應過來，搶上前摁住戶部尚書，一人捆手，一人按腳，將他固定在原地，回頭望著夏侯澹。

夏侯澹氣喘吁吁地停住腳步，對著侍衛笑了一下，「怎麼，等著朕動手呢？」

侍衛：「……」

侍衛一劍結果了戶部尚書。

朝堂裡落針可聞。

夏侯澹有些踉蹌，按著頭坐回龍椅，「他笑得太大聲了。」

眾臣：「……」

夏侯澹指了指洛將軍，道：「你，自己去戶部領軍餉。」

洛將軍整個人還沒回過魂，好半天才磕頭道：「謝陛下！」

太后黨們有意無意地瞥向夏侯泊。

夏侯泊仍舊斂眉立於原地，一臉憂國憂民，沒有露出絲毫得色。

夏侯泊回了王府，召來謀士商議此事。

夏侯泊道：「皇帝突然發瘋，真是偶然嗎？這下戶部尚書一死，太后黨定會把這筆帳算到我頭上，回頭便會反撲。」

胥堯道：「……至少中軍將士可以吃上好飯了，是好事。」

夏侯泊奇怪地看了他一眼，彷彿驚訝於他突如其來的天真，「中軍將士吃得好了，便不恨皇帝了。」

胥堯一向信奉成大事者不拘小節，也感激端王的知遇之恩，從來不覺得與他謀劃的事情有什麼不對。然而此刻，他卻感到一股涼意躥上背脊，那瘋王的話語又在耳邊響起——

「是誰滿臉悲憫，將你收作了看門狗……」

胥堯能感覺到夏侯泊在看自己。他迅速轉移話題：「皇帝今日的舉措確實有些突兀。他最近寵幸的那個庾妃，是怎樣的人？」

與此同時，下了朝的夏侯澹正在和庾晚音談夏侯泊，「惡人，絕對的惡人，有沒有穿都是惡人。」

庾晚音道：「這樣很危險，我們必須想辦法比他更惡。」

夏侯澹道：「他手下那個胥堯，這幾日應該會去調查當年的事。可惜，沒有什麼不利於端王的證據……」

庾晚音道：「證據這種東西，可以偽造呀。」

夏侯澹道：「妙啊。」

庾晚音獰笑著與他擊掌。

夏侯澹道：「不，我轉念一想，『進讒言栽贓良臣』這種事本來就不太會留下痕跡，他要是能找到證據，反而可疑。」

庾晚音道：「那我們這樣，先告訴他，為免端王起疑，只能將他的老父祕密接回，莫要讓端王知道……然後，在接回他老父的過程中故意出點紕漏，讓他以為已經洩密。」

夏侯澹懂了，「最後再找個人去暗殺他老父，扣到端王頭上？」

庾晚音補充道：「但你的人要千難萬險、九死一生地救下他的老父。」

夏侯澹道：「妙啊。」

庾晚音獰笑著再次與他擊掌。

藏書閣臨水而建，窗外波光粼粼，風景相當不錯。

庾晚音辦了個入職手續，便堂而皇之地坐了進來。

她全神貫注地查了兩小時的作物資料，一無所獲，注意力漸漸渙散。社畜摸魚的本能戰勝了理智，開始在宣紙上亂塗亂畫。

便在此時，藏書閣門外有小太監唱名道：「端王到——」為了避嫌，庾晚音的書案設在二樓深處的窗邊，旁人若無手諭上不了這一層。但宮人慣會見風使舵，知道必須給誰行方便。庾晚音隱約聽見樓下傳來幾句人聲，也不知夏侯泊說了什麼，接著便有腳步踏上樓梯的動靜。

腳步聲不急不躁，每一步都踏得很穩。庾晚音透過書架的縫隙朝樓梯口望去，便見夏侯泊走了進來。

他今天的穿著頗有魏晉遺風，寬袍廣袖，長髮半束半披。這般閒步走來，端的是皎皎如月，擲果風標。天選之子顏值制霸，饒是庾晚音清楚後事，知道他手腕有多可怕，這一眼望去也不得不誇一句「美人」。

幾秒後又有一人跟上樓，做布衣文士打扮，一臉苦大仇深，仔細一看好像還易了點容，想來應該是胥堯。

他們到這裡來做什麼？

庾晚音不動聲色坐在原地，仔細設想一下如果自己是原主的話，此刻應該是何表現。

——哦，原主暗戀端王來著。

那兩人一副認真找書的樣子，左瞧瞧右看看，慢吞吞地靠近庾晚音所在的角落。

庾晚音：「……」

演，就硬演。

夏侯泊終於不經意地偏過頭，似是剛發現庾晚音的存在，驚訝道：「庾妃娘娘。」

庾晚音慌忙站起身，含羞帶怯地與他見禮，「端王殿下。」

按照原作設定，夏侯泊跟庾晚音有過一面之緣，是在她入宮之前，元夜的花市上。她偷跑到長街玩耍，偶遇了微服的夏侯泊。

於是少女對神祕俊美的青年一見傾心，回家後害了相思，不肯入宮為嬪。而夏侯泊雖然與她相處愉快，但回頭就淡忘了此事。

後來庾晚音被家人逼迫含恨入宮，冷宮再遇端王的戲份又被謝永兒搶了，以至在《穿書之惡魔寵妃》裡，庾晚音全程單戀，夏侯泊則郎心似鐵，只戀謝娘。

庚晚音不確定眼前這個夏侯泊是不是原主，更猜不出他為何要來找自己。為保險起見，還是照著劇本來吧。

庚晚音悄悄抬眼看他，眸中似有如煙輕愁，「殿下為何來此？」

「想尋一本書，方才卻沒找到，許是記錯了。」夏侯泊張口就來。

庚晚音道：「那……殿下說說書名，我也幫著找找。」

夏侯泊沒有接這個話，微笑著看她，「聽聞娘娘在此編書？」

庚晚音低頭道：「整理些詩文罷了，是陛下見我成日待在偏殿無聊，替我尋了點事做。」

「娘娘柳絮之才，令人欽佩。」

離得近了，可以看出夏侯泊與夏侯澹確實是兄弟。

他們都生得很白，五官也有七八分相似。只不過夏侯澹的蒼白帶著點病態，眉眼陰沉，就差將「反派」二字刻在腦門上了。夏侯泊卻如玉雕而成，疏朗和煦，光風霽月。讓人很難相信，他才是背負仇恨、圖謀不軌的那一個。

庚晚音想透過神態判斷他是不是原主，不覺凝視得久了一點，便見夏侯泊一笑，對她道：「前幾日宮宴一見，娘娘也是這樣望著我，似有疑惑。」

庚晚音心裡「咯噔」一聲，腦子飛快轉動，面上婉轉一嘆：「只是有些錯愕，沒想到當初在元夜花市上偶遇的公子，竟是大名鼎鼎的端王。」

有理有據，令人信服，誰也挑不出問題。

夏侯泊也陪著一嘆：「我當時微服閒逛，不便顯露身分，還望娘娘見諒。」

當前比分零比零。

庚晚音繼續試探：「這宮內消息不通，不知我家中可還安好？」

──原文設定，她爹是一個混了多年沒出頭的小官，夏侯泊也是認識的。如果是原主，應該答得上來。

夏侯泊回憶了一下道：「上回見到，庚少卿十分康健，似乎新近喜歡上了茶道。」

當前比分仍是零比零。

庚晚音依舊看著他，飛速思索著下一招。

夏侯泊搶了先，感慨道：「元夜一別，再次見到娘娘，險些未能認出。」

庚晚音：「……」

她這個角色的設定好像是一朵白蓮花，要被化妝後的謝永兒豔壓的。而且因為心繫端王，對暴君一直又怕又恨，後來為了報復謝永兒才走上宮鬥的道路。

現在她卻搶先走了妖妃路線，當著夏侯泊的面，跟暴君言笑晏晏，耳鬢廝磨……

庚晚音的心臟猛跳了一下。

原文中的端王明明沒將庚晚音放在心上，怎會察覺變化？

你只見過我兩次，卻看得這麼清楚，果然是有問題吧？

雖然證據還不夠確鑿，姑且算是零點五比零吧。

庾晚音亡羊補牢，重新靠攏白蓮花人設，苦笑道：「誰進了這深深宮門，還能不變呢？保持不變的姐妹們，都已成了這朱牆下的花泥。我……」她似是有些迷茫，「我還是想活下去的。」

夏侯泊頓了頓，道：「娘娘，此話我只當沒聽見，請娘娘切莫再與他人提起。」

庾晚音慌忙捂了一下嘴，暗含恐懼地瞥了他身後的胥堯一眼，「是我失言了。」

夏侯泊笑道：「這位是我的好友，不會亂說的。」

庾晚音點點頭。

漂亮！零點五比零領先。

夏侯泊與她又行了一禮，正要告辭，目光一轉，望向窗邊的書案，「娘娘在作畫？」

庾晚音：「……」

庾晚音腦中的記分牌轟然坍塌。

她剛才打著瞌睡摸魚，在紙上用幼稚園筆法畫了隻王八。

已經被看見了，再掩飾也晚了，庾晚音只好扮出在心上人面前露怯的樣子，羞憤地紅了臉，「方才我望見窗外的池水裡有東西游過去，便信筆一記。」

夏侯泊凝視著那隻王八，眼角抽動了一個像素格的幅度。

夏侯泊說：「這畫，嗯……」

庚晚音耳朵紅得快要滴血，捏著那畫紙，咬咬牙便要撕碎，「殿下別看了。」

夏侯泊攔住了她：「倒也別有一番稚拙童趣，就這樣撕毀，未免太可惜。」

正在費力做表情的庚晚音：？

你聽聽你說的這是人話嗎？

庚晚音試探道：「殿下喜歡？」

夏侯泊道：「我瞧著十分歡喜。娘娘既然不願留下，可否將墨寶相贈？」

庚晚音直覺有坑也只能順著跳，「殿下不嫌棄便拿去吧。」

夏侯泊笑道：「多謝娘娘。他日定有回禮奉上。」

庚晚音：？

庚晚音瞥了他腰上那個明顯是新繡的香囊一眼。原文裡，這是他與謝永兒互贈的信物。

一碗水端平，不愧是端王。那邊要吊著，這邊也要撩著，這是在謀劃什麼？

夏侯泊拿著畫走了。

出了藏書閣，他淡淡地問胥堯：「看出什麼了嗎？」

胥堯思索良久，回道：「單憑這次會面，看不出有何城府。不過眼神狡黠靈活，恐怕心思甚多，難怪能博取皇帝歡心。」

夏侯泊問：「你覺得她的言行有什麼奇怪之處嗎？」

胥堯一愣，「奇怪？殿下指的是……」

夏侯泊笑了笑，沒再多言。

他拈起那張王八圖對著光看了看，似乎覺得十分有趣，轉而吩咐道：「去查查她入宮之前有沒有留下什麼字畫吧。」

庚晚音轉頭就直奔偏殿，找來丫鬟小眉，問：「妳還記得我從前的畫嗎？」

小眉驚呆了：「小姐從前畫過畫？」

庚晚音心中狂喜亂舞，「沒畫過就好，沒畫過就好。」

第三章　離間計

這天是本月初一，後宮妃嬪要去給太后請安。

按理本應是晨昏定省，但太后喜靜，改了規矩，說是只需初一、十五前去問安。可想而知，每月這兩日也成了必不可少的固定宮鬥環節。

庾晚音到的時候，發現除了太后，所有人都來早了。

魏貴妃正端坐在殿中，一邊撇著杯中茶葉，一邊睨了她一眼，「庾嬪現在可是炙手可熱呢，無怪乎來得如此之遲，倒讓姐妹們好等。」

庾晚音：「……」

開始了。

魏貴妃身後的丫鬟道：「主子貴人多忘事，庾嬪現在封了庾妃呢。」

魏貴妃輕笑一聲：「呵，怪不得。」

庾晚音：「……」

她想了半天這人是誰，終於記起來了。

皇后病逝之後，中宮之位空懸至今，這位魏貴妃就在目前的金字塔頂端。她是魏太傅的妹妹，深得太后歡心，又仗著娘家勢力，在後宮作威作福。

她大概五章後會敗在謝永兒手上，從此查無此人。

庾晚音看她就像看一個死人，心中毫無波動地走流程，「妹妹路上有事耽擱了，萬望姐姐們勿怪。」

魏貴妃「啪」一聲摔了茶杯，「妳那是什麼眼神？」

庚晚音低眉斂目，醞釀一下哭腔：「妹妹知錯了。」

魏貴妃身後的莊妃冷笑道：「她說有事，那是何等要事啊？該不會又是在牡丹園裡與哪位侍從會面吧？」

一旁的賀嬪與她一唱一和：「姐姐，這話可不敢亂說，仔細被她哭到陛下面前，又該……」

夏侯澹道：「又該什麼？」

眾妃：「……」

現場呼啦啦跪了一地。

夏侯澹一屁股坐到魏貴妃剛才坐的位子上，招招手讓庚晚音上前，「妳們剛才在說何事？」

庚晚音遲疑道：「回陛下……」

她正在用眼神問他：你來湊什麼熱鬧？

夏侯澹抬抬下巴：別管我，演妳的。

庚晚音想了想，當場開出一朵白蓮花，「回陛下，無非是姐妹們聊些閒話，不值一提的。」

夏侯澹道：「是嗎？」他伸出細長的手指，指了指賀嬪，「妳來說。」

賀嬪還跪在原地，嚇得臉色煞白，哪敢再說什麼，只道：「臣妾知罪。」

夏侯澹道：「也行，省事。」

他打了個手勢，侍衛相當熟練地上前，賀嬪的哭叫聲漸去漸遠。

夏侯澹又點莊妃，道：「那妳說？」

莊妃眼前一黑，險些癱軟在地，「臣妾……臣妾只是提醒妹妹，要一心侍奉陛下……」

夏侯澹的手又抬了起來。

庾晚音連忙咳嗽一聲。

她不明白夏侯澹突然加這一場戲是為了什麼。難道真是入戲太深，要為自己出頭？

庾晚音以前看宮鬥文只當打發時間，如今穿到這朝不保夕，也對其他角色多了幾分同理心。說到底都是制度的受害者，莊妃、賀嬪這兩個小跟班緊抱魏貴妃大腿，也無非是為了活命。

這兩人如果真的出了什麼殺招也就罷了，眼下只是嘴上說了兩句，卻要直接送命，庾晚音心下就有些不是滋味了。但她又怕夏侯澹演這一齣是別有深意，自己開口阻攔反而壞事，一時舉棋不定。

庾晚音沒有說話，夏侯澹卻看了她一眼，抬起的手又放下了。

夏侯澹道：「打入冷宮吧。」又問侍衛：「剛拖出去的那個還沒埋吧？」

侍衛：「……」

侍衛道：「屬下去攔。」

跪成一片的妃嬪中間，謝永兒悄然抬眼，望了庾晚音一眼，臉上的驚異一閃而過。

兩個炮灰離場了，眾人只當這一劫過去了，正各自暗中慶幸，就見夏侯澹的手指向第三個人。

夏侯澹彬彬有禮地問：「魏貴妃，妳來說說？」

魏貴妃如遭雷擊。

不，她不能，她是太后的人！

魏貴妃顫聲道：「回陛下……」

夏侯澹道：「嗯？」

珠簾後傳出一道女聲：「哼，皇兒好大的威風。」

太后終於登場護崽了。

太后瞧上去只有三十五六歲，打扮得雍容華貴，手上還牽著一個七歲的男孩。

小太子長得極似夏侯澹，一張小臉緊緊繃著，目不斜視，被太后養成了一個精緻乖巧的小傀儡。

庾晚音瞥了夏侯澹一眼。

夏侯澹正用「這是什麼東西」的眼神看著那個便宜兒子，表情一言難盡。

幸好按照原文設定，小太子一直被太后拴在身邊，原本也沒與他見過幾面，倒也不算OOC。

太后坐到上首，受了夏侯澹與眾妃的禮，冷冰冰道：「皇兒今日將威風擺到哀家門前來，是為何故？」

夏侯澹似乎僵了一下，語帶屈辱地緩緩道：「是兒臣一時急火攻心，衝撞了母后。」

庾晚音：？

太后對夏侯澹不滿到了極點，因為他前日當堂發瘋，誅殺了戶部尚書，那是她手下的人。

這個皇帝從小不服管教，野性難馴，她與他拉鋸多年都無法將他完全控制在手心，這才退而求其次，準備扶植小太子。

她知道想讓夏侯澹死的不只自己一個，那端王也在徐徐圖之。

端王的實力深不可測，現在就暗殺夏侯澹的話，她並不能保證上位的一定是自己。

就在她與端王龍爭虎鬥時，這瘋子皇帝突然殺害自己手下一名要員，她怎能咽下這口氣？

太后原就打算借題發揮，給他敲敲警鐘，卻沒想到他會主動送上門來。

太后怒視全場一周，目光落到庾晚音身上，「哀家聽聞，皇兒最近被這女子迷得忘乎所以，時有驚人之舉啊。」

庾晚音琢磨著自己應該跪下。

她跪到一半，又被夏侯澹拉了起來。

夏侯澹道：「確實。」

太后：？

太后勃然拍案，「好啊，看來你眼中是越發沒有哀家這個母后了。哀家今天便要代先帝教教你，何謂長幼尊卑！來人！」

呼啦啦冒出一群侍衛，圍向庾晚音。

夏侯澹喝道：「我看誰敢！」

侍衛腳步一頓，詢問地看向太后。

太后冷笑一聲，氣焰極盛。這皇帝早已有名無實，她今日更是打定了主意要讓他認清這一點，當下異常強橫地一揮手。

侍衛越過皇帝去拖庾晚音。

夏侯澹呼吸一滯，彷彿遭了當頭棒喝，終於清醒了幾分，「母后！」

他氣息急促，緩了幾秒，才委曲求全地露出諂媚的笑來，走去朝她奉茶，「兒臣說『確實』的意思是，兒臣這脾氣確實可惡。母后何必為了區區一個宮妃動氣傷神，來來來，喝杯茶，有話好說。」

這暴君居然能憋出這麼一段話來，真是太陽打西邊出來了，難道真被那妖妃下了降頭，為了保她已經不惜代價了？

太后用全新的目光打量庾晚音。

庚晚音：「……」

夏侯澹繼續拍馬屁：「多虧母后德被八方，兒臣才可將太子交託於母后教養。」他僵硬地抬手摸了摸小太子的頭，捏出哄小孩的聲音：「太子最近功課如何呀？」

小太子比他更僵硬，恐慌地瞥了太后一眼。沒有得到太后指示，只得試探著回道：「回父皇，兒臣功課尚可。」

太后心念一動，突然露出個別有深意的笑，「太子才智超群，只是騎射功夫有些落下。也難怪，讓他一個人學習騎射，終歸寂寞了些。哀家聽聞，洛將軍有個幼子，年紀與太子相仿。」

夏侯澹道：「母后的意思是……」

太后道：「不若將他召進宮來，給太子當個伴吧。」

太子伴讀早已另有其人，那幼子進宮無名無分，純粹是被扣作質子。

洛將軍是端王手下要將，太后此言已經把矛盾擺到了明面上，非要讓端王為那戶部尚書之死付出代價。

夏侯澹躊躇了，「洛將軍？他前陣子還在陣前殺敵衛國，此舉是否有些……」

太后第三次看向庚晚音。

夏侯澹瞬間改口：「兒臣回去就擬旨。」

庚晚音：「……」

庚晚音被夏侯澹全鬚全尾地帶出了太后的宮殿，終於回過味來，想明白他今天演這一齣大戲是為了什麼。

就是為了讓太后以為，削弱端王是她主導的，而皇帝渾渾噩噩，一心只想著妖妃。

夏侯澹不僅能麻痹太后，還能麻痹端王。因為今天謝永兒也在場，回頭肯定會與端王通氣。

庚晚音道：「看不出來，你腦子居然這麼好。」

夏侯澹今天來時，顯然算準了太后正在氣頭上，所以乾脆進一步激怒她，主動送她一個機會，促成了此事。

夏侯澹低聲問：「妳覺得如何？」

庚晚音道：「很好很好，等他們互咬得兩敗俱傷，才好悄悄培養你自己的勢力。不過這事講究平衡，這邊削一削，那邊砍一砍，你也得當端水之王——端王。」

夏侯澹看了庚晚音一眼，神情似有些沉悶，語焉不詳道：「今天委屈妳了。」

庚晚音道：「問題不大。」

她也不是傻子，已經看出夏侯澹的另一個目的。他當眾表現得如此偏寵自己，無非是想將自己推到臺前當個幌子，順帶還能偽造一個虛假的軟肋。

庚晚音笑道：「萬一哪天有刺客拿刀抵著我的脖子逼你就範，你就可以對他說『傻了吧，爺不在乎』，然後一劍把我們捅成個糖葫蘆……」

夏侯澹愣住了。

「妳……如果是這麼想的，為什麼不生氣？」

庾晚音是真的沒什麼想法。

她是社畜，不是國中女生，早就過了幻想世界圍著自己轉的年紀。大家落到這個局裡，都是溺水之人，誰能浮上去全憑本事。別的不說，她自己被夏侯泊找上門見了一面，還送了張「王八」當信物，不也沒告訴夏侯澹嗎？

庾晚音擺擺手道：「不要在意，我都理解。」

夏侯澹沉默良久，才說：「我不會捅妳的。」

庾晚音敷衍道：「嗯嗯，不會不會，你是好人。」

夏侯澹：「……」

太后黨扣下洛將軍一個兒子猶不滿足，轉頭又網羅了一個軍紀不嚴、壓榨百姓的罪名，彈劾了他軍中一個副將，順勢塞了個文官進兵部當督查。

端王的謀士們聚在一處爭論不休。有人說太后終於控制住皇帝，才會如此張狂；有人反駁說皇帝當堂誅殺戶部尚書，怎麼看也不像是太后的人，應該純粹是瘋了。

夏侯泊坐在上首，安靜地聽了一陣子爭論，微笑道：「情勢不明，有些計畫還是可以施行的。是時候拉魏太傅下馬了。」

胥堯心頭一跳。

夏侯泊恰好問他：「準備妥當了嗎？」

胥堯家道中落，被端王救下，一直在暗中盯著魏太傅，意圖復仇。但魏太傅行事謹小慎微，是太后黨中難得的有些腦子的人，始終不露破綻。

直到最近，胥堯終於抓住他的把柄，還歷盡艱險找到一個證人。

胥堯道：「證人已經保護了起來。」

夏侯泊和緩道：「魏太傅巧言令色，將皇帝哄得暈頭轉向，深得聖心。單憑一個證人或許不足以將他定罪，我近期會另想辦法找個證物。如此一來，也算報了令尊的仇。」

胥堯聽他主動提起老父，臉色更白了，「多謝殿下。」

夏侯泊親切地拍了拍他，說：「等魏太傅倒了，我會從中周轉一下，或許可以把胥閣老接回來。」

胥堯垂著腦袋，不讓夏侯泊看清自己的神情，耳邊迴響起暴君的聲音——「只有朕敢救回胥閣老。端王不敢，因為他做賊心虛，害怕真相大白。待你的價值耗盡，你的老父便會『恰好』殞命在流放地，你信不信？」

他信不信？

他的老父早年受先帝之恩，成了個冥頑不靈的擁皇黨，滿腦子忠君報國，一心支持那暴君，最後卻落得如此下場。他恨皇帝昏庸，更恨魏太傅奸佞。

可他卻一葉障目，從未想過魏太傅如此謹小慎微之人，當初是哪來的底氣當堂叫板，構陷他的老父。

幾日後，小太子生辰，太后為他籌備了隆重的宮宴。

端王也到場了。

他這一亮相，滿座的太后黨沒有一個人與他搭話。夏侯泊卻仍是一臉謙恭有禮，溫文爾雅地對小太子念了祝詞，小坐片刻，才藉故早退。

他在夜色裡兜兜轉轉，最後尋到了冷宮附近一處荒涼的小院。

這是他與謝永兒互通密信商定的相會之處。他的暗衛已經在周邊巡察了一圈，確定四下無人，對他點了點頭。

夏侯泊走進荒廢已久的小屋。

屋裡沒有點燈，一片昏暗。謝永兒站在窗邊，對他回眸一笑，道：「殿下。」

夏侯泊憐惜道：「永兒，許久未見，怎麼清減了？」

窗下茂盛的雜草叢裡，庚晚音嫌棄地心想：不愧是端王。

庚晚音已經在草叢底部躺了整整一個時辰。早在暗衛到達之前，她就在這裡了。今夜略有晚風，她又躺得非常安詳，氣息平穩，掩在風聲中，愣是沒被發現。

這幽會地點固然隱蔽，但架不住庚晚音看過劇本。

這場幽會寫在《穿書之惡魔寵妃》裡，她湊巧記住了。如果一切按照原文進行，那夏侯泊接下來就會對謝永兒提起魏太傅。

果不其然，窗口斷斷續續地飄出人聲：「……前段時間，魏太傅之子當街縱馬，撞死一個平民。那平民是來都城告御狀的，告的是家鄉的巡鹽御史貪污受賄，魚肉百姓。」

謝永兒問：「攔下御狀，可是重罪？」

夏侯泊道：「確是如此。那巡鹽御史知曉此事，私下聯繫了魏太傅，魏太傅又護子心切，便與他合謀壓下了此事。我們想翻出此案，將魏太傅定罪，需要一樣證物。」

「何物？」

「無價之寶，一枚佛陀舍利子。此物記在巡鹽御史的禮單上，應是被他拿去賄賂了魏太傅。然而我的人混入魏府，遍尋不到。許是魏太傅送入宮中，交給胞妹魏貴妃……」

謝永兒聽著聽著想了起來，《東風夜放花千樹》裡確實提到過，魏貴妃殿中擺著一個牙雕的鬼工球，分內外五層同心球，雕工精妙絕倫。這擺件被她藏於內室佛堂，當作寶貝供奉著，其實球心裡藏了一枚舍利。

謝永兒道：「既然如此，我去為你將它偷來。」
聽牆角的庾晚音：「……」
太拚了。
別人身為天選之女都這麼拚，比你強的還比你努力，而且聽謝永兒那春心蕩漾的語氣，好像真的有點被夏侯泊迷住了。
庾晚音暗暗叫苦。
夏侯泊失笑道：「偷來？永兒如何能確知那舍利就在魏貴妃處？」
謝永兒一時詞窮，半天才支支吾吾道：「既……既然殿下如此推論，肯定沒錯。」
夏侯泊道：「永兒太過抬舉了。」
草叢中的庾晚音突然掐住自己的大腿。這次不是為了忍笑，而是為了保持鎮定，因為她突然想通了一件事：夏侯泊不可能是穿的。
如果他與自己在同一層，看完《穿書之惡魔寵妃》穿了進來，那他肯定知道謝永兒是穿的，一上來就會與她相認——他們是天然同盟，沒有不相認的道理。
即使他在謝永兒那一層，只看過《東風夜放花千樹》，謝永兒連吉他都彈上了，他看一眼也就明白了。《東風夜放花千樹》裡，謝永兒與他無冤無仇，既然一起穿了，也沒有不相認的道理。
可他們直到現在聊起天來，還是一副拿腔拿調文縐縐的樣子，而且謝永兒還在把他當原主。

所以他確實是原主。

剛才這段對話與《穿書之惡魔寵妃》裡記載的完全一致，也證明了他們的思想都沒有脫離既定軌跡。

換言之，庾晚音對「四個穿越者放下仇恨搓麻將」這光明未來懷抱的最後一絲希望，破滅了。

現在只剩一個疑點：既然夏侯泊是原主，為何會特地上門勾搭庾晚音？

僅僅是因為自己成了暴君寵妃嗎？還是謝永兒為了斬斷自己與他的潛在感情線，在他面前說了自己的壞話，反而弄巧成拙，使他注意到自己？

庾晚音思前想後，一時間忘了控制氣息，陡然間聽到草叢中傳來腳步聲，她一下子屏住呼吸，冷汗沁出皮膚。

踏草聲越來越近，有人舉著忽明忽滅的火摺子，走入庾晚音的視野。她透過草葉縫隙朝上看去，依稀看見一張似曾相識的臉。

是胥堯。

胥堯仍舊易著容，打扮成端王護衛的樣子。庾晚音正在祈禱他繞過自己，就見他停下腳步，垂下目光，視線準確無誤地與自己對上了。

庾晚音死死憋著氣，心臟快要在胸膛炸開。

小屋裡傳出夏侯泊淡淡的詢問聲：「何事？」

胥堯頓了頓，熄滅火摺子，「殿下，遠處似乎有宮人朝這邊走來。」

夏侯泊嘆了口氣，與謝永兒依依作別。

等到所有人撤走，連謝永兒的腳步聲都消失之後，庚晚音終於猛然喘氣，死死攥住衣襟。

胥堯明明發現自己，卻還是欺瞞了端王！離間計大成功！

庚晚音還在努力回憶原文，想知道謝永兒會如何混入魏貴妃的殿裡偷舍利子，結果隔天就聽丫鬟小眉義憤填膺道：「聽說謝嬪她們幾個去了魏貴妃處做客，一直在講小姐的壞話！」

庚晚音：「……」

敢情是靠黑我。

一邊黑我一邊偷舍利，真有妳的，謝永兒。

到了下午，情勢急轉直下。魏貴妃大張旗鼓帶了一隊侍衛在後宮搞巡查，將上午招待過的幾個妃嬪處挨個搜查了一遍，鬧得雞飛狗跳，連太后都被驚動了。

太后讓魏貴妃解釋緣由，魏貴妃只說丟了首飾，疑心有人偷竊。但她轉頭又拉著太后說了一陣子悄悄話——顯然是舍利子丟了。

太后也猜到事關重大，睜一隻眼閉一隻眼，任她繼續鬧騰。

於是無數太監挨了鞭子，無數宮女挨了耳光。

庾晚音沒去看熱鬧，躲在偏殿裡嗑瓜子。沒想到丫鬟突然進來彙報，說在她的後院裡逮了個小賊。

庾晚音走進後院一看，一個陌生的小太監被堵在牆角，低著頭瑟瑟發抖，怎麼問都不肯說自己為何偷摸進來。

庾晚音已經習慣了有點什麼事先往謝永兒身上猜，腦子一轉，大致猜到了套路。

她瞥了小太監腳邊一眼，有一塊泥土略有鬆動。

庾晚音笑了笑，和顏悅色地放了小太監，又遣退了旁人。等人都走了，她自己去刨那塊土地，刨出一顆不規整的珠子。

把贓物藏到我這，萬一被發現了還能禍水東引，真有妳的，謝永兒。

晚些時候，魏貴妃越鬧越大，終於鬧到了庾晚音家門口。

魏貴妃對庾晚音搬出最大的陣仗，一隊人去院中掘地三尺，一隊人去內室翻箱倒櫃，剩下還有一隊人按著庾晚音準備搜身。

魏貴妃冷笑道：「陛下現在太后處回話，今日可沒人保妳了，小賤人！」

夏侯澹道：「想不到吧，爺早退了。」

魏貴妃：？

魏貴妃被拖走了。

深夜，庾晚音將一個食盒交給丫鬟，「去送給謝嬪，說是本宮做的宵夜，請她品嚐。」

謝永兒打開食盒，是一個光禿禿的白饅頭。

她捏碎饅頭，摸到一顆舍利子。

翌日早朝，某端王黨代表當庭彈劾魏太傅，控告他貪污受賄、阻攔一御狀，人證物證俱在。

魏太傅進了大理寺，魏貴妃進了冷宮。

庾晚音去藏書閣上班，半路遇到一群妃嬪，謝永兒走在其間。

夏侯澹這些年來對所有妃嬪不是不理不睬，就是就地掩埋，大家都默默忍受慣了。陡然間冒出個庾晚音，硬生生反襯出她們的悲慘，任誰也無法心理平衡。

此時打了照面，資格最老的淑妃便開了腔：「哈，魏貴妃倒了，有人該春風得意囉。只是不知這好日子能得幾時……」

庾晚音下意識回頭看了一眼，以防夏侯澹從哪個角落裡冒出來拖人。

夏侯澹不在。

淑妃越發冷嘲熱諷：「庾妃妹妹這是在盼著誰呢？還真以為……」

「姐姐，慎言。」

開口的居然是謝永兒。

妃子被她不鹹不淡地勸了一句，自覺沒趣，恨恨地瞪了庾晚音一眼，帶著小團體揚長而去。

謝永兒落在最後面，回頭與庾晚音對視了一眼。

庾晚音笑得分外慈祥。

謝永兒目光躲閃，好半天才下定決心，做了個口型：「多謝。」

這一日的盤絲洞工作小結，庾晚音與夏侯澹就聽牆腳事件進行了深入分析，首先達成共識：端王還是原主。

「那就好辦了，」夏侯澹道：「這傢伙沒看過劇本，我們可以充分利用這個優勢。」

庾晚音道：「還有，胥堯會對我放水，顯然已經對端王起了異心。他在原文裡是端王重用的謀士，能挖到這邊來幹活的話，一個頂十個。」

夏侯澹道：「那還是得澈底離間他們。」

庾晚音道：「現在剛好魏太傅入獄，胥堯肯定會藉機調查老父之案，說不定還會直接混進去盤問魏太傅。我們想栽贓給端王，就得早做準備，避免穿幫啊。不然你去大理寺威逼利誘一下魏太傅，提前串個供？」

夏侯澹道：「可行。其實我派出去的人已經找到了胥閣老，不過他年老體弱，這些年在流放地備受欺凌，已經被折磨得瘋瘋傻傻，都認不得人了。」

「慘。」

「太慘了。」

庾晚音搖頭嘆息：「人不能白瘋，一併栽贓給端王吧。就說胥閣老是在接回來的路上被他下了毒，才搞成這樣的？」

夏侯澹道：「妙啊。」

惡人擊掌。

大理寺獄專門用來關押犯事的高官，越往裡走越是守衛森嚴。最深處的監牢暗不透光，只有幾支火把照明。

魏太傅縮在牆角坐著，聽見腳步聲，朝外一看，先看見兩隻金線繡龍紋的朝靴。

魏太傅愣了愣，一邊連滾帶爬跪好，一邊熟練地進入唬爛暴君環節，「陛下，臣冤枉啊！臣效死輸忠，一心只想為陛下解憂，怎料那些小人……」

夏侯澹不等他說到第三句，直接快轉，「你替朕最後辦一件事，朕可保你家人無虞。」

魏太傅一聽，這是非要自己死了，慌忙把眼淚擠出來，「求陛下聽聽此中內情！當時那巡鹽御史……」

夏侯澹又快轉了，「你可知是誰害你？」

魏太傅：「……」

魏太傅戰戰兢兢抬起頭。皇帝的面容隱在黑暗中，只有一個模糊的輪廓。不知為何，他卻篤定對方臉上，絕不是他所熟知的暴君的神情。

夏侯澹道：「害你之事，下令的是端王，收集證據的是胥堯。你可能不記得這個人了，他是胥閣老之子，改頭換面當了端王的謀士，背後陰人很有一套。」

魏太傅大驚：「他還活著？」

夏侯澹涼涼一笑道：「當初胥閣老出事，端王暗中救下胥堯，教他視你為畢生仇敵，籌謀數年，才將你扳倒。」

魏太傅垂下頭，將牙槽咬出了血。

夏侯泊！

他聽見皇帝不帶感情、近乎百無聊賴的聲音：「好笑吧？朕那位好皇兄，當初藉你之手除了胥家，如今又藉胥家之手除了你。當真是一碗水端平，端得世間無兩。」

魏太傅眼前一黑。

皇帝知道。

皇帝竟然知道！

當年他加入太后黨，奈何過於膽小，不堪大用，混了多年都沒有出頭。端王私下與他合計，勸他出面彈劾胥閣老，甚至幫他偽造了一堆天衣無縫的罪證。

魏太傅的職業生涯裡，只幹過那一回富貴險中求的事。

他成功了，在太后面前立了功，從此青雲直上。

這一切，皇帝就這樣靜靜地看在眼裡，猶如看戲嗎？

魏太傅結結實實地打了個哆嗦，一時間萬念俱灰，連辯白的勇氣都失去了，「臣萬死……臣自知再無活路，只有一問，陛下如何能得知此事？」

這麼多年，這暴君被他們當傻子哄著，難道一直在裝瘋賣傻？

可他若什麼都看清了，又怎會一直隱忍不發，任由他們將為數不多的忠君之臣一個個除去？

夏侯澹道：「哦，本來只是瞎猜的，誆了你一下，這不就誆出來了。」

魏太傅：「……」

夏侯澹轉身漸行漸遠，「胥堯若是託人來問，你便如實作答，就當為家人積福吧。」

庾晚音這天照常在藏書閣坐班，忽然有宮人上樓通傳：「娘娘，樓下有個人未帶手諭，說有事要稟告娘娘，又不肯告知姓名，只說娘娘見了他自然認得。」

庾晚音下了幾級樓梯，垂目一看，一個陌生的清秀青年正抬頭望著她。

庾晚音：「……」

兄弟，你哪位？

青年朝她施禮：「庾妃娘娘。」

庾晚音：！

這個苦大仇深的聲音——是胥堯！

胥堯今天竟然沒有易容，就這麼頂著張罪臣之子的臉過來了？

庾晚音心裡「咯噔」一聲，有種不好的預感。

「上來吧。」庾晚音將人帶到二樓，遣退了宮人，開門見山道：「出什麼事了？」

她沒想到這人會來得如此之快。今天早些時候，她還在跟夏侯澹商量接回胥閣老的細節，自導自演的攔演員還沒安排上。

最關鍵的是，他們還沒替胥堯準備好一條逃脫之路，讓他能平平安安倒戈，健健康康跳槽。

這哥們此時行色匆匆，連易容都沒來得及，該不會是後有追兵吧？

胥堯一開口，印證了她不祥的猜測：「我有急事想求見陛下，不知娘娘可否行個方便？」

庾晚音道：「本宮無權帶人進宮，會被攔下的。要不你在這裡坐一會兒，我去把陛下找來？藏書閣有守衛，沒有手諭不得進入，你在這裡很安全。」

胥堯聽她暗示追兵，詫異道：「娘娘也知道？」

庾晚音道：「如果是關於胥閣老的事，我大略知曉。」

胥堯感慨道：「娘娘真是深得聖心。我正在調查家父當年的冤案，卻不料端王似乎早有防備，準備好將我剷除。方才我回到自己臥房，喝下一口茶水，發覺味道有異，腹中灼痛，才知自己已中了毒……」

庾晚音道：「等一下！你中了毒？」

她仔細打量胥堯，才發現他額上全是冷汗。

庾晚音霍然站起，「先別說了，我去找太醫。」

胥堯一把拉住她，「端王已經起了殺心，我便絕無活路。我偷了馬車從後門逃出，暫時甩脫追兵，卻又無法直接進宮，只得直奔此地。娘娘，胥堯死前只有一事相求。」

庾晚音道：「先冷靜，你會沒事的。」

胥堯微微一晃，唇角滲出血。

庾晚音又要去喊人，胥堯死死拽著她，語速極快：「我為端王辦事多年，他的種種計畫我都知曉。陛下若能救回家父，胥堯定會報答此恩。」

庾晚音連忙寬慰道：「放心吧，陛下一言九鼎，胥閣老已經在回家的路上了。」

胥堯眼眶一紅，「家父……家父一生都盼著陛下能當個好皇帝。他若是回來了，定會披肝瀝膽，竭盡畢生所學輔佐陛下。」

他彷彿生怕他們食言，急於證明老父有被救回的價值。

庾晚音心頭悲涼，沒有告訴他胥閣老已然瘋傻，溫聲道：「陛下非常看重胥閣老的才學。」

胥堯點點頭，突然咳出一口血，提氣道：「追兵很快便到了，娘娘，我將端王的許多計畫記在一本書裡……」

樓下忽然傳來宮人的尖叫聲：「起火啦！」

第四章　藏書閣起火

夏侯泊沒有派人來追殺胥堯，他直接讓人點了一把火，要將胥堯、胥堯可能攜帶的祕密、胥堯投奔的藏書閣，燒得蕩然無存。

庾晚音跑到窗邊朝下一看，好傢伙，這火燒得還真均勻，繞藏書閣一周，愣是沒留出一個缺口。

不遠處躺著幾個守衛的屍體，縱火的人顯然是端王手下的精銳部隊，在極短時間內放倒守衛，還朝著這木製建築澆了油。此時火勢一起，經風一吹，熊熊烈焰飛速躥升，直逼二樓。

遠處有宮人正提桶趕來，但這年代消防設施落後，指望他們滅火，還不如自救。

庾晚音被熱煙燻得淚流滿面，逃回胥堯旁邊，「底下全是火，無法跳窗，只能先從樓梯下去再往外跑！」

她回憶著當年學校普及的火災逃生小知識，脫下一層衣服扔到地上，提起茶壺澆得濕透，又去扒胥堯的衣服，「脫了！」

胥堯本就站得搖搖欲墜，被她一推，直接栽倒在地上。

庾晚音：「……」

藏書閣裡除了易燃物還是易燃物，樓下已是一片火海，宮人的慘叫聲不絕於耳。

胥堯一口接著一口地吐血，神情卻十分鎮定，「娘娘一邊準備一邊聽我說。」

庾晚音雙目含淚，哆嗦著摸出隨身手帕，依樣打濕。

的。」

胥堯道：「端王沒想到，那本書我並未帶在身上。書在魏府，我去查案時順手藏

滾燙的茶水涼了，庾晚音抄起濕衣裹在身上，又用濕手帕掩住口鼻。

胥堯道：「廚房後窗外三尺處，往下就能挖到。端王會盯著你們，不要立即去找，至少等待七日再去……」

庾晚音彎腰跑向樓梯。

胥堯斷斷續續的語聲漸不可聞：「逃出去，遇到誰都不要停留，去找陛下……活下去……」

藏書閣臨水而建，正是為了防火。

此時宮人們從池中打水，朝著大門處輪番潑澆，總算壓住了這一塊的火勢，正朝裡面喊著話，就見一道人影狂奔而出，身上的衣物已然起火。

庾晚音越過所有宮人，直接跳進池中。

「庾妃娘娘！」宮人連忙撲過去，伸手將她拉回岸上。

庾晚音頭髮焦糊，身上幾處皮膚傳來劇痛，站在原地雙眼發直，理智之弦已經被燒斷了。她渾身發抖，耳邊只剩胥堯的聲音不斷迴盪：「遇到誰都不要停留……」

有宮女驚惶地說著什麼，跑來要攙扶她。

庚晚音只覺得所有人面目猙獰，一把揮開宮女的手，踉蹌著朝宮中跑去。

她不知道自己要跑去哪，只知道不能停下，身後是洪水猛獸。

庚晚音跑到體力耗盡，絆了一跤，整個人總算摔出兩分清明。

她抬起頭，看到一個此時絕不想遇見的人。

謝永兒被她的樣子驚呆了。

謝永兒先前躲不過魏貴妃的搜查，只得派人將舍利子藏到庚晚音那裡。沒被發現最好，萬一被發現了，也能拉庚晚音當替罪羊。

她盤算得很好，卻沒料到那小太監業務不熟練，竟然被抓了個現行。

謝永兒聽著小太監哭哭啼啼地覆命，就知道自己輸了。庚晚音肯定能猜到是她幹的，畢竟她有前科。而庚妃聖寵隆眷，想摁死誰，只是一句話的事。

然而庚晚音沒有告發她，甚至還將舍利子還給了她。

為什麼？

庚晚音真的不想鬥嗎？是因為自己改變了劇情線，沒給她機會愛上端王，所以她乾脆沒黑化嗎？她沒黑化，那最大的惡人不就變成自己了？

謝永兒心情十分複雜。

她心裡一直糾結著庚晚音的事，忽然聽小丫鬟說藏書閣起火了，頓時一驚——庚晚音最近在那編書。

不會吧，女主角的劇情線直接走向死亡結局了？

謝永兒難以置信地朝藏書閣跑去，半路遇到了狼狽不堪的庾晚音。

四目相對，庾晚音權衡了一下，顫抖著伸出手，「妹妹，救救我。」

謝永兒一震，緩緩走過去扶起她。

庾晚音道：「帶我去見陛下……」

謝永兒道：「妳受傷了？這樣不行，我去叫人來抬妳。」

庾晚音像抓著救命稻草一般緊緊拉著她不放手，「別去，別離開我。」

謝永兒：？

我們有感情基礎嗎？

身後忽然傳來一道溫潤的聲音：「兩位娘娘。」

庾晚音彷彿被一桶涼水從天靈蓋澆下，雙腿一軟，全憑謝永兒撐著才沒當場倒地。

夏侯泊憂慮地走上前，幫著謝永兒攙住庾晚音，「聽聞藏書閣走水，我已讓親衛前去幫忙救火，幸而娘娘福厚。何處受傷了？」

庾晚音雙唇顫抖，說不出話來。

夏侯泊索性將她打橫抱起，動作幅度很大，似乎想掂一掂她身上藏了什麼，「我送娘娘回殿躺下。」

庚晚音看著他波瀾不驚的眼睛，好半天才找到自己的聲音：「……有勞殿下。」

夏侯泊抱著人走了幾步，庚晚音掙扎著回頭去看謝永兒。

妳男人抱我了，妳不吃醋嗎？趕緊開腔攔下他啊，算我求妳了！

謝永兒垂眸掩住眼中的妒意，溫婉道：「殿下有心了，我也一起去吧。」

庚晚音心道：謝謝，謝謝，謝謝！妳可千萬別走開。

夏侯泊溫和道：「此處無須人手，勞煩謝嬪去尋太醫吧。」

謝永兒受傷地看了他一眼，不想爭風吃醋得太明顯，妥協道：「好。」轉身走開了。

庚晚音心跳都停了。

夏侯泊走得不疾不徐，「娘娘似乎在顫抖。」

庚晚音用她僅存的理智組織一下語言：「……灼傷的皮膚有些作痛。」

「娘娘受苦了，是我來遲了。」

您為什麼就不能再來遲一點？

庚晚音覺得自己快要精神分裂了，一邊防著他隨時掐死自己，一邊還要裝出原主春心蕩漾的樣子，柔柔地依偎向他，「你來了，我便好了。」

夏侯泊笑了笑道：「原以為娘娘入宮後變了許多，沒想到還是老樣子。」

庾晚音嗔怪道：「殿下希望我變嗎？」

夏侯泊低頭看了她一眼，悠然道：「我希望娘娘仍如初見，對我不生畏懼。」

庾晚音：「……」

剛才是誰要燒死我來著？

「伴君如伴虎。」夏侯泊平靜地說著可怕的臺詞，「娘娘與其害怕我，不如害怕陛下。物傷其類，人同此心，天下苦秦久矣。娘娘若能以真心待我，我必竭力相護。」

庾晚音歪頭道：「殿下在說什麼，我怎麼聽不懂了？」

聽懂了，聽得明明白白的。這孫子就差直說「勸妳謹慎站邊，順我者昌，逆我者亡」了。

庾晚音裝著傻，夏侯泊笑了，「娘娘確實冰雪聰明。對了，上回求得娘娘墨寶，忘了送上回禮……」

語聲被一陣急促嘈雜的腳步聲打斷了。

庾晚音轉頭一看，黑壓壓一群侍衛包圍了夏侯泊。

走在最前面的是滿面寒霜的暴君，「放開她。」

一片死寂。

實在是這句臺詞太過土味，庾晚音混亂的腦中，剎那間居然浮現出兩個土味回答，一個是「不想讓她死，就準備一輛車，放上一百萬現金，誰也不許跟過來」，還有一個是

「呵，有本事就來搶，論美貌你是敵不過在下的」。

夏侯泊沒有走土味路線。

夏侯泊動作輕柔地放下庚晚音，躬身道：「臣見到娘娘受傷，情急之下失了禮數，請陛下見諒……」

夏侯澹聽也不聽，大步上前脫下外袍，裹住渾身濕透的庚晚音。

庚晚音一介社畜，何曾見過今日的陣仗，強撐到現在，終於等來了盟友，這一口氣鬆開，視野猶如「啪」一下滅了的燈，霎時間被黑暗籠罩。

她最後的記憶，是自己朝著夏侯澹直直倒了下去。

庚晚音在低燒中昏昏沉沉地度過了不知幾日。再度清醒時，她躺在自己的偏殿裡，嗓子乾渴得快要開裂。

窗外在下大雨，天光昏暗，床邊懸著一盞搖晃的銅燈。夏侯澹背對著她坐在床頭，正低頭用勺子攪動一碗清苦的藥汁。

這道背影從未如此讓人心安。

庚晚音盯著他看了一下子，目光移向宮燈，跟著燭光打顫。

夏侯澹回過頭，對著她一愣，「妳醒了？太好了，妳輕度燒傷又泡了不乾淨的池水，我真怕他們的藥消不了炎。還好傷口小，已經在癒合了。」

庾晚音沒說話。

夏侯澹伸手扶她坐起，「快把藥喝了，就當喝水退燒吧……欸，怎麼哭了？」

庾晚音哽咽道：「還好你也是穿來的。」

首次近距離直面死亡，衝擊力過大，她ＰＴＳＤ（創傷後應激障礙）了。

穿到這鬼地方以來，她對自身處境一直有種飄浮的不真實感，彷彿在雲端夢遊。直到此刻，夢醒雲散，她看清了腳底的萬丈深淵。

如果身邊沒有這麼個同類，她不知道恐懼與孤獨哪一個會先壓垮自己，哪怕是他剛才說的那幾句話都帶來了巨大的慰藉。他的用詞指向一個熟悉而遙遠的故鄉，像望遠鏡中模糊的海岸線，雖然不可到達，但是至少是個座標，讓她相信自己還沒瘋。

夏侯澹勸了兩句，沒勸住，只得靜靜看著她哭。

風雨如晦，一燈如豆，他看起來與她一樣意志消沉。

等她稍微平復，夏侯澹又舀了芍藥遞過去，語氣放得很和緩：「藏書閣裡的宮人逃出來了幾個，都送去醫治了。胥堯……仵作說他姿態平靜，在被火燒到之前就已毒發身亡，沒有受兩遍苦。」

庾晚音聽見胥堯的名字，心臟又是一陣揪痛。

夏侯澹道：「縱火的人抓住了，反正都是替死鬼，查不到端王頭上。胥閣老接回來了，安置在郊區別院裡。他現在對誰都構不成威脅，應該能安度殘年——順便一提，陷害他的還真是端王。」

他說了大理寺獄裡與魏太傅的對話。

庾晚音道：「所以，我們本來想扣鍋給端王，結果那鍋原本就是他的？」

夏侯澹道：「是這個意思。」

有那麼一瞬間，庾晚音生出一個模糊的念頭：夏侯澹怎麼一猜就準？他根本沒看過原文，單憑自己提供的那一點情報，就閉眼猜出了連原文都沒寫過的隱情，未免太聰明了吧？

難道這就是總裁的實力嗎？

但這念頭一閃即過，庾晚音轉念一想，確實不妨以最大的惡意揣測端王。

她原本還志存高遠，要當這個故事裡最惡的惡人，後來跟夏侯泊過了兩回合，發覺自己還有很長的路要走。

庾晚音道：「胥堯說他留了一本書給我們，可以對付端王。」

她低聲轉述了胥堯的遺言，夏侯澹默默聽著，面色蒼白。

他望向燭火，「原文裡的胥堯是什麼結局？」

「好像一直跟著端王混，當了個文臣吧。」

夏侯澹諷刺地笑了笑，「所以，我們害死了他。」

庾晚音剛擤完鼻涕，鼻頭又一酸，「別這麼想，你要想，如果按照原文，胥堯到死都被蒙在鼓裡，為他的仇敵當牛做馬。」

夏侯澹仍是一臉頹廢，手指抵住太陽穴，「一個沒看住，還害妳白白受傷……」

庾晚音不明白這位哥為什麼比自己還消沉，硬著頭皮開解他：「不是完全白傷，至少拿到了胥堯的線索，過幾天我們就把書找回來？但願他記錄得足夠詳細，因為我真的不記得原文細節了。」

「我在想，」夏侯澹揉著太陽穴含糊道：「我們做的事，真的有意義嗎？放在這本書裡，反派的結局可以說是天命註定吧？越是掙扎越是可悲，倒不如吃喝玩樂，坐等它到來……」

庾晚音：？

不不不，你不能這麼早放棄啊哥，我還不想死呢！

庾晚音慌了，滿地找詞勸他：「有意義，當然有意義，不能把世界拱手讓給惡人啊，你命由你不由天！還有很多機會能翻盤！譬如說原文裡的旱災，我們肯定可以找到抗旱作物——」

她卡住了。藏書閣已經燒毀，自己上哪查資料？

庾晚音頹廢了，「仔細一想，混吃等死也不是不行。」

夏侯澹：「……」

夏侯澹道：「妳倒是再堅持一下啊？」

太后紆尊降貴前來慰問。

詳細慰問過程如下：

太后說：「聽聞妳這次吃了不少苦頭，可知是誰放的火？妳風頭太盛，招致妒心，經此一遭，也該知道皇帝是不會保護妳的……」以下省略經典臺詞五百字。

庾晚音：？

庾晚音回：「是的是的。」

太后長嘆一聲：「在這深宮之中，每個分得一絲寵愛的女人都以為自己熬出了頭，卻不明白君心易變……」以下省略經典臺詞五百字。

庾晚音無法快轉她，只好放空自己，機械地點頭。

太后說：「妳該不會以為魏貴妃倒了，妳就能坐到那個位子上吧？魏貴妃張揚，是仗著家中勢大，又有哀家保她，出了事也只是進一回冷宮。妳的父親是什麼官職？妳可知……」以下省略經典臺詞五百字。

庾晚音道：「對的對的。」

太后伸出塗了蔻丹的指甲，戳了戳庾晚音的臉蛋，「女人啊，還是要活得聰明些。良禽擇木而棲，妳聽哀家的話，哀家自會疼妳。」

庚晚音道：「好的好的。」

太后上午出了庚晚音的偏殿，下午就聽宮人稟告：「陛下將庚妃封作了貴妃。」

太后：？

庚貴妃被皇帝親自送進了貴妃殿。

這裡原本屬於魏貴妃，向來是後宮裡最驕奢的地方。如今為了迎接新主人，又被從裡到外重新整理了一遍，端的是貝闕珠宮，富麗堂皇，盤絲洞本洞。

庚晚音一步步走到今日，所有冷眼看她何時隕落的宮人都變了神色，開始認真研究她的一言一行，想琢磨出她究竟有何過人的本事，竟能將暴君的心牢牢抓在手裡。

結果一路行來，說話的都是暴君。

夏侯澹道：「愛妃，此處防衛森嚴，朕還幫妳配了暗衛，不會再給歹人可乘之機。」

庚晚音知道他這話是說給四周宮人聽的，「陛下真好。」

那暗衛名單還是他們昨晚開會討論出來的。

夏侯澹道：「姑且升級一下保全系統吧，原作裡就沒有那麼幾個一直忠於我的侍衛嗎？」

庚晚音努力回想，「幫你埋人的那一批御前侍衛，一直到最後也沒背叛，都為保護你而死。」

於是暗衛連夜上崗。

夏侯澹道：「愛妃看看這院落可還寬敞，需不需要再往外擴？愛妃若是吃膩了火鍋，就在這池子裡養些魚苗，旁邊再起一個烤架，隨時吃燒烤……」

庾晚音：？

你說的這個愛妃是不是你自己？

庾晚音配合地拍手道：「陛下怎麼知道臣妾最喜歡吃吃吃啦？」

四周宮人心中鄙夷——這裝可愛、扮天真的手段也太低端了吧？別說是禍國妖妃，這年頭剛進宮的才人都不這麼玩了好嗎？

夏侯澹笑道：「愛妃真是赤子之心。」

宮人呼吸急促。

暴君不配高端局！

庾晚音吃喝玩樂了沒幾天，總覺得渾身不自在。社畜從來沒當過這麼久的鹹魚，古代又沒什麼娛樂活動，天天躺著曬太陽，竟把自己躺得腰痠背痛。

她氣自己天生不是享福的命，再看夏侯澹一副樂在其中的樣子，更酸了。

這天吃完燒烤喝完酒，庚晚音道：「澹總，我們出一趟宮吧。」

夏侯澹問：「出去玩？」

庚晚音道：「不是，我想到繞開端王去拿胥堯那本書的辦法了。」

夏侯澹皺眉看她，「說好的混吃等死呢？」

「等死也怪無聊的，要不然還是再撲騰幾下吧。」

「……」

庚晚音道：「你看，我們這個時候微服出宮，肯定會被端王盯梢。但我們虛晃一槍，不去魏府，而是先去找一個人。」

「誰？」

「上次說到忠於你的人，我想起了他。這種小說裡通常有一號武力值逆天的江湖人士，幸運的是在這本書裡，他跟你很有淵源。」

一個時辰後，兩個窮酸書生走到市井街頭，身後跟著幾個身手不凡的暗衛，同樣做文士打扮。

夏侯澹易容過後臉色蠟黃，拿一把摺扇遮著嘴，低聲道：「雖說理論上太后與端王沒分出勝負，還不敢妄下殺手，但我們就這樣出來給人當活靶子，真的好嗎？」

庚晚音道：「真的不好，但沒辦法，想找那個人，你必須親自出面。」

庾晚音瞧著不僅窮酸，而且營養不良長不高。

「這人叫北舟，跟你親媽……令堂……已故的慈貞皇后青梅竹馬，是她小時候的護衛，應該一直暗戀她吧。那章太狗血了我只掃了兩眼。總之呢，令堂入宮後年紀輕輕忽然病逝，北舟覺得是宮裡的人害了她，就心懷仇恨，遠走他鄉，另有奇遇，成了一代絕世高手。」

庾晚音喘了口氣繼續說：「《穿書之惡魔寵妃》裡，他回到都城想看看故人之子——也就是你，卻發現局勢混亂，於是蟄伏在都城，找機會保護你。但他出場太晚了，雖然也給端王添了點麻煩，但沒能改變結局。」

夏侯澹道：「所以妳想提前把他找出來？」

庾晚音道：「對，因為謝永兒只拿了《東風夜放花千樹》的劇本，並不知道《穿書之惡魔寵妃》的劇情，也不知道北舟的存在。你可以把他當作祕密武器，讓他去魏府偷書，以他的身手肯定能成。」

其實這人還有別的用處，但庾晚音也不想事事對他交代。

庾晚音停步，「到了。」

夏侯澹抬頭一看，怡紅院。

夏侯澹：？

庾晚音道：「進去吧。」轉頭對暗衛招招手，「別客氣，都進來。」

暗衛：？

夏侯瀶道：「所以當妳說他蟄伏在都城的時候……」

庾晚音道：「書裡說他在青樓。」

「這……不好吧。」

「哎呀，沒事，剛好還可以迷惑一下端王，就讓他以為你荒淫無度唄。走走走，我都不怕，你怕什麼？」

夏侯瀶被她拉著跨入大門，霎時間一股脂粉濃香撲面而來。一個長著相當經典的媒婆痣的老鴇捏著手絹站在門邊，上下打量他們一眼，面露不屑，「二位公子，走錯地兒了吧？」

庾晚音左右看看，靦腆地塞給她一把銀子，「我們是來趕考的，想開開眼界。」

老鴇眉開眼笑，「好嘞，二位爺樓上請！」

庾晚音大手一揮，帶著暗衛朝包廂走去。

夏侯瀶問：「……妳為何如此熟練？」

庾晚音道：「可能是垃圾文學看多了吧。」

片刻後，幾人被軟玉溫香包圍。

庾晚音攬著個小美女被她餵葡萄，熟練地發出猥瑣的笑聲。

夏侯瀶嘴角微微抽搐，與她咬耳朵：「我們要待到什麼時候？妳打算怎麼找出那個北舟？」

庚晚音道：「我不記得他的外貌描寫了，不過青樓裡一共就那麼幾個男人，應該不難。而且原文裡你長得很像你媽，他能跟你相認。」

夏侯澹指指自己蠟黃的假臉：「妳有沒有發現問題所在？」

庚晚音：「……」

庚晚音轉頭問懷中的小美女：「你們這兒有幾個龜公啊？」

小美女驚訝道：「爺怎麼問起這個？奴家記不清了，也就四五個吧。」

庚晚音繼續問：「那其中有沒有近兩年才進來、長得比較壯的？」

小美女眼中閃過一道暗光，垂眸嫣然一笑，「奴家來得晚，不太清楚呢。爺，喝酒啊。」

她轉身替庚晚音倒酒。

在這數秒之間發生了很多事。

背過身去的小美女與另一個小美女交換了目光，旁邊坐著的暗衛瞧見她的手部動作，面色一凜就要出手，庚晚音急忙戳戳夏侯澹，夏侯澹一記眼刀飛了過去，示意他們少安毋躁，暗衛們於是安坐不動，也交換了一圈目光。

小美女倒了酒，端著杯子遞到庚晚音嘴邊。

庚晚音道：「好，好。」接過來作勢喝了一口。

室內幾個客人都被餵了酒。暗衛不動聲色輕輕一嗅，聞出了裡面下的東西，假喝之後裝模作樣地聽了一下曲子，雙眼一翻，軟倒了下去。

庾晚音和夏侯澹看他們這反應，猜測大概是蒙汗藥吧，於是有樣學樣，各自栽倒。

小美女這才站起身，冷聲道：「去請媽媽。」

老鴇很快帶人來了，吩咐道：「綁起來，用冷水潑醒。」

庾晚音心中驚訝：他們只是打聽一個龜公罷了，這青樓的反應怎麼如此之大？難道樓中還有其他人知曉北舟的身分？不應該啊，按照原文，北舟的保密工作做得很好。

她覺得蹊蹺，想多觀察一下，便閉著眼睛沒出聲。暗衛等不到指令，只得繼續裝死。

一盆冷水下來，庾晚音嗆咳著睜開眼。

老鴇道：「誰派你們來打聽的？」

夏侯澹看看庾晚音，怒道：「隨便問問而已，你們怎麼能綁客人？」

老鴇冷笑道：「不說是吧？那就一直關在這，關到開口為止吧。」

她將幾人留在房內，吩咐鎖上房門。

人一走，暗衛便從袖中翻出短匕，互相幫忙割斷了繩索，又跪下來替夏侯澹和庾晚音解了綁。

夏侯澹揉著手腕重新坐到椅子上，「接下來呢？」

庚晚音提議：「翻窗出去找人？」

「……也行。」

暗衛忙道：「陛下與娘娘在此稍歇，屬下去找。」當下翻出去兩個，剩下的分散蹲守在門窗旁邊。

庚晚音又看夏侯澹，「你離宮太久怕是不妥，要不你先回去，我留下來再看看情況？」

「倒也不急這一時，萬一真的找到了，不還得用我的臉與他相認嗎。」

庚晚音坐到他身旁，端起還沒撤走的果盤，挑挑揀揀吃起了葡萄，「吃嗎？」

夏侯澹：「……」

夏侯澹道：「我怎麼覺得妳玩得還挺開心？」

明明前幾天還是一副半死不活的樣子，這才過去多久，怎麼就滿血復活了？

庚晚音道：「開心也是一天，不開心也是一天，這是我們社畜的生存法則。」

她拍拍夏侯澹，說：「澹總啊，你就是太習慣地球圍著你轉了，心理落差太大。不像我們，習慣了白幹三個月，換來一句『還是初版最好』。放平心態才能一起苟到最後，嗯？」

夏侯澹：「……」

庚晚音沒等到回答，不以為意地換了瓜子嗑。正想問他嗑不嗑，突聽他道：「好。」

庚晚音問：「好什麼？」

夏侯澹笑了笑，沒再說話。

望風的暗衛突然將耳朵貼於門上，悄聲道：「有人來了。」

青樓的人這麼快就去而復返？室內幾人來不及細想，飛速坐回原處，將雙手背於身後，只露出一小段繩子，做出了還被綁著的樣子。

庾晚音咬牙問：「翻窗出去的那兩個怎麼辦？」

夏侯澹還沒來得及回答，門就開了。

出乎意料，進來的不是剛才那些人，只是個手握掃帚、肩搭抹布的掃地大爺。

大爺無精打采地瞅了他們一眼，就低下頭收拾起瓜皮果殼，似乎並不好奇屋裡為什麼綁了人。

庾晚音這一口氣剛鬆開，又陡然提起。

她悄悄拉了下夏侯澹的衣角，用眼神示意：是他！

夏侯澹：？

庾晚音拚命擠眼睛：他就是北舟！

只有社畜才知道誰是真正的社畜。這掃地大爺長了一雙絕不屬於社畜的眼睛。剛才他收回目光的瞬間，那不經意間露出的眼神，像一匹孤狼。

所以北舟隱身於青樓，原來是扮作大爺了？

夏侯澹也有所猜測，遲疑兩秒，開口道：「喂。」

大爺頭也不抬，只顧擦桌子。

夏侯澹提高聲音：「這位兄臺，我瞧你甚是面善。」

大爺停下動作望向他。

夏侯澹道：「相逢即是有緣，既然遇見了，咱們何不坦誠相見，以真容一敘？」

話音剛落，大爺的神情就變了。他僵在原地，直愣愣地盯著夏侯澹。兩人的目光在空中幾度交鋒，最終他放下抹布，緩步朝幾人走來。

庚晚音見他滿臉戒備，隱隱有敵意，連忙努力露出個和善的微笑，「別誤會，都是朋友。」

她用肩一頂夏侯澹。夏侯澹抬手去揭自己的人皮面具，「我是……」

在這電光石火間，發生了很多事。

隨著夏侯澹的動作，大爺猛然發現他沒有被縛，眼中立時爆出凶光。

庚晚音正在詫異這凶光之盛，就見對方手中多了一把利刃，直直捅向夏侯澹！

「小心！」庚晚音驚呼。

一聲巨響，房門破裂。她伸手去推夏侯澹，兩旁的暗衛也瞬間跳起，朝著夏侯澹身前擋去——

然而就在他們眼前，那大爺身形詭異地一歪，猶如被一股看不見的巨力掀起，整個人朝旁側倒下，撲地不動了。

庚晚音驚魂未定，喘息著低頭看去，發現那大爺側頸上多出一把匕首，沒入之深，幾乎從另一邊穿了出來。

暗衛牢牢護著夏侯澹，轉頭朝房門望去。

門上破了一個大洞。

眾人心下無不悚然——這把匕首竟然是被人從門外投擲進來的，撞破木門之後還來勢不減，長了眼睛般飛向大爺脖頸，一招斃命！

這得是何等蠻橫的內力！

房門這時才被人推開。

門裡門外一打照面，現場陷入一片死寂。

外面站著那位身材豐腴、長相經典、自帶一顆媒婆痣的老鴇。

眾人：「……」

那老鴇卻盯著夏侯澹，顫聲道：「你……」

這一開口，居然變成了男人的聲音。

庚晚音轉頭一看，夏侯澹剛才已經把人皮面具揭了下來，她心中冒出一個荒誕的念頭，不可思議地望著老鴇。

「你……」

老鴇道：「澹兒？」

庚晚音道：「北舟？」

北舟伸手一揪，「啵」的一聲把那顆媒婆痣揪了下來，渾身骨骼「喀啦啦」一陣悶響，身形以肉眼可見的速度拔高，眨眼間就露出了男人的模樣。

庚晚音倒是在小說中看過縮骨功這種東西，但現場看視覺衝擊仍舊過大。

她被驚到腦子停止運轉，「你……你……你才是北舟？」

北舟問：「澹兒，你怎會知道我在此地？」

庚晚音又去看地上那人，「他是誰？為什麼要殺我們？」

北舟道：「不對，你怎會知道世上有我這麼個人？」

夏侯澹道：「停。一個一個來。」

片刻後，幾人圍桌而坐。

夏侯澹道：「先回答北叔的問題。」他倒是挺會見機行事，剛才看過北舟的身手，這一聲「叔」順勢就叫上了。

「朕知道北叔，是因為母后留下的遺書中提過你。」夏侯澹張口就來。

北舟面露緬懷之色：「南兒如何寫我的？」

夏侯澹：「……」

庚晚音腦中一瞬間構思了八百字感人肺腑的小作文，什麼十年無夢得還家，什麼相思相望不相親，什麼山盟雖在，錦書難托。

她對著夏侯澹使眼色，試圖用意念拷貝給他，再不濟至少要讓他領會精神。

夏侯澹默契地點點頭。

夏侯澹道：「她說若遇危險，可以找你。」

庾晚音：「……」

這是什麼死亡直男發言！你怎麼不索性說「北舟，好用」呢！

北舟眼眶一紅，「她還記得我。」

庾晚音：？

夏侯澹道：「所以朕即位以後就派人四處尋找，花了這麼多年，前段時間才隱約得知北叔的蹤跡，今日便想上門碰碰運氣。」他見這關過了，迅速岔開話題：「北叔，地上那人是誰？」

北舟道：「他在這樓中打掃兩年了，我也是前幾天才對他起疑，因為從他房中翻出了這個。」

他將一遝信紙遞向夏侯澹。

庾晚音湊過去一看，只見紙上寫滿了蠅頭小字，卻又不是漢字，彎彎繞繞不知是什麼語言。

北舟道：「這人是燕國派來的間諜，拿到的命令是刺殺王公貴族，挑起我國內亂。我發現他的密信之後，這幾天一直在暗中觀察著他。你們今日上門打聽龜公，我還以為是找他，就想著審一審你們……直到方才他痛下殺手，我才發覺不對。」

夏侯澹懂了：「所以他想下殺手，也是因為我們語焉不詳，使他以為我們是來揭穿他的？」

庾晚音想起來了，原文裡是有這麼個小國間諜，但最終沒能成事，只在端王的暗中引導下刺殺了一個太后黨的重臣，為他人作嫁衣裳。被捕後還遭五馬分屍，下場很悲慘。

北舟道：「這幾年燕國很不安分，看來真是窮到走投無路了。你要小心，殺了這一個，沒準還有別人。」

夏侯澹道：「幸好今天北叔救朕一命。實不相瞞，朕如今在宮中確實處境危險，四面楚歌……」他恰到好處地黯然嘆息。

北舟立即道：「其實我回到都城，便是想護你周全，又怕你不需要我的保護。你放心，南兒的孩子便是我的孩子。」

庾晚音：？

大兄弟，你的發言有點危險啊！

北舟行事頗有江湖氣，說幹就幹，當即又縮回老鴇身形，黏上媒婆痣，走出房請辭。

他在青樓蟄伏期間，對這裡的苦命女子多有照拂，所以人緣頗好。此時一說要走，小美女們紛紛喊著「媽媽」流淚。

剛才那個對夏侯澹下藥的小美女，應該是他的得力心腹，或許還有點紅顏知己的意思，淒然垂淚道：「你去哪兒？能不能帶我走？」

北舟眉頭緊鎖。他要進宮保護夏侯澹，肯定帶不了人。

夏侯澹便做了個順水人情，對他悄聲道：「朕回頭會派人來為她們贖身，送她們平安離去。」

北舟感動道：「你真像南兒，和她一樣善良。」

眾人出了青樓，夏侯澹戴回了人皮面具，北舟則洗去脂粉，穿上男裝，混入了暗衛之中。這麼瞧去，他本來的面目倒也頗為瀟灑出塵，有俠士之風。

庾晚音吹捧道：「北叔真俊朗。」

北舟遺憾道：「可惜了，叔倒是更喜歡做女人呢。」

夏侯澹：「……」

庾晚音：「……」

他剛才好像說了句不得了的話？

庾晚音禁不住再度偷眼打量北舟。

這人的設定不是暗戀夏侯澹的母親嗎？難道是在心上人入宮後，深受情傷，闖蕩江湖期間，欲練神功，揮刀……

庚晚音幻肢一涼。

她只是腦中胡思亂想，夏侯澹卻直接問了出來：「北叔，你與母后的淵源，可否說與朕聽聽？」

北舟道：「南兒是世上唯一懂我之人。只有她從不嫌棄我，認我當好姐妹。」

夏侯澹：「……」

庚晚音：「……」

北舟道：「可憐她年紀輕輕撒手離去，留你孤身一人。」他憐愛地看著夏侯澹，「南兒走了，以後叔就是你母親。」

夏侯澹：「……」

夏侯澹道：「謝謝叔。」

一行人回了宮，北舟有些驚訝，問道：「讓我待在貴妃殿？」

夏侯澹道：「是的，朕身邊恐有眼線，反倒是貴妃處宮人不多，方便說話。」

北舟跟在他們身後，一路觀察著貴妃殿周圍布置的重重暗衛，笑道：「沒想到坊間流言也有說對的時候。」

庚晚音出聲：「嗯？」

北舟細細打量她，「澹兒是真的將這位貴妃放在了心上。」

庾晚音：「……」您誤會了，他只是需要我腦子裡記的東西。

等等，自己這妖妃之名到底傳了多遠？是因為晉升太快了嗎？

庾晚音乾笑著朝夏侯澹身後躲了躲，垂下眸做嬌羞狀。卻沒想到夏侯澹比她更入戲，反手牽住她的手，對北舟誠懇道：「北叔看出來了，我們便不多遮掩了。請北叔待她便如待朕，務必護她平安。」

庾晚音：？

不必演到這份上吧？

北舟左看看右看看，露出疑似姨母笑的表情，「放心吧。」

庾晚音這份詭異的尷尬直到入夜還沒完全消退。

北舟已經摸去魏府取書了。夏侯澹問過他需不需要人手幫忙，他擺擺手，道：「多帶人反而拖後腿。不必等我，安心睡吧。」

這一句終於流露出一絲身為武力值巔峰之人的倨傲。

於是盤絲洞二人組只能守在貴妃殿裡等消息。吃完了燭光晚膳，又吃完了燭光宵夜，北舟還沒回來。

庾晚音坐立難安，夏侯澹倒是淡定地啜了一口小酒，「魏府有各方勢力盯著，要等所有人最鬆懈的時候再摸進去，肯定是後半夜。」

庚晚音道：「道理我都懂。只是自從我們穿來，很多情節都改變了，我心裡沒把握。」

胥堯本不會死，北舟在原文裡也活了很久，但誰又說得準？

夏侯澹道：「放心吧。最差也不過是個死。」

庚晚音道：「……謝謝你啊，真的有被安慰到呢。」

夏侯澹悶頭低低地笑。他微醺時臉上終於有了點血色，不復平日的蒼白。庚晚音對著他看了幾秒，詭異的感覺又泛了起來。

燈下看美人，三分美也能看成十分，更何況原本就是畫皮妖精，這時都快飛升了。

或許是因為就著宵夜喝了點小酒，或許因為飽暖思那啥，又或許是因為早些時候北舟那誇張的反應，她突然覺得夏侯澹也太好看了。

庚晚音不是不懂審美，而是不敢懂。生存面前，一切美醜都可以忽略不計。

譬如端王，誰又能說他不好看？但庚晚音一看到他那張好看的臉，就像看到了鮮豔的蘑菇，只想跑路。

奇怪的是，對著真正的反派臉夏侯澹，她那食草動物般的警惕心卻越來越弱，幾乎無法靠本能維持。

不行啊！戀愛腦是大忌！這種故事裡戀愛腦全都要早死的！

庚晚音晃了晃腦袋。

微醺的夏侯瀶彷彿能察覺她的心聲，漆黑的眼瞳朝她掃了過來。
庚晚音倉促地別開目光。
夏侯瀶眨了眨眼，戲癮又上來了，托腮問：「愛妃，是在偷看朕嗎？」
庚晚音「噌」地起身就走，「我去洗洗睡了。」
夏侯瀶還托著腮，「一起嗎？還能看到更多喲。」
庚晚音僵住了，瑟瑟發抖地轉過頭。
夏侯瀶失聲大笑，揮了揮手，「去吧去吧。」

等庚晚音走沒影了，夏侯瀶還孤身坐在原地。
他仍舉杯小酌，只是嘴角殘留的笑意正緩慢消失。沒了共飲之人，偌大的殿堂忽然顯得空曠，從鋪墁地縫裡滲出一股冷清的寒意。
一道身影悄無聲息地朝他走來，跪在他身後。
夏侯瀶沒有回頭，輕輕放下酒杯，「白先生有信？」
對方雙手呈上一封書信：「請陛下過目。」
如果庚晚音在場的話，就會發現這個風塵僕僕的暗衛並不在他們共同敲定的名單之中，是個從未見過的陌生面孔。
夏侯瀶拆開信封，從中先掉出幾顆蠟封的藥丸。他頓了頓，抽出信紙讀了一遍，神情似有些不耐，「他還沒放棄呢？」

暗衛沒有說話。

夏侯澹將信紙放在燭上點了，順手倒了杯茶，服下一顆藥丸，這才吩咐道：「告訴他宮裡一切如常，繼續行事便是。」

庚晚音出了浴，烤乾頭髮，自行上了床。床上用品已經按照現代標準改良了一遍，現在枕頭不硬了，被窩也不涼了，生活品質顯著提高。

夏侯澹去洗澡的時間裡，她躺在床上有點緊張。沒想到夏侯澹只是占點嘴上便宜，到頭來還是規規矩矩躺在三八線另一邊。

庚晚音在保全升級之後找到了安全感，最近睡眠品質很好。唯有今夜因為牽掛北舟，輾轉了一陣子沒能入睡。

眼睛適應黑暗後，她忽然發現夏侯澹也沒閉眼，正對著床幔似看非看。

庚晚音猶豫了一下，悄聲問：「你也睡不著？」

夏侯澹閉上眼，呼吸有些粗重，模糊地嘀咕一句什麼，好像是「就知道沒效果」。

什麼效果？庚晚音懷疑自己沒聽清，問：「你怎麼了？」

夏侯澹呼出一口濁氣，「頭疼。」

這麼嚴重嗎？庚晚音又猶豫了一下，朝他湊近一點，「我幫你揉揉？」

關心同伴很正常，她對自己說。

夏侯澹沒拒絕。但當她的指尖碰到他的太陽穴，他卻瞬間繃緊了全身的肌肉。庚晚音即使在黑暗中也能感覺到他咬緊了牙關。

「怎麼了？我輕一點？」

「……嗯。」

她也沒學過按摩，只能沒什麼章法地輕輕畫圈，「不知道能不能算安慰，你這偏頭痛只是個設定，到最後也沒痛死——至少在你被刺殺之前，都沒痛死。」

夏侯澹繃緊的身體緩緩放鬆下來，語帶嘲諷：「那真是安心了呢。」

「欸，別這樣。」庚晚音不跟病人計較，她自己痛經的時候也是個人間炮仗，「回頭讓北舟幫你檢查一下，看看是腦瘤還是中毒唄。他在江湖上見多識廣，說不定認識一些太醫不認識的毒。」

「嗯。」

庚晚音悄聲問：「你其實還是怕死的吧？」

她的指尖很軟，還帶著被窩的熱度。

夏侯澹勾了勾唇角說：「不好說。」

庚晚音就當他不好意思承認，「沒事，我也怕的。不過你這個總裁得調整一下心態，拿出點幹勁來，這次就算北舟沒能拿回那書，我們也還能再戰……」

「放心吧。」夏侯澹打斷了她的預防針，「只要妳還不想放棄，我也不會。」

庾晚音對著虛空感應了一下，是她太敏感，還是這句話真的有點曖昧？

還沒等她想出點滋味，夏侯澹又補充道：「畢竟還得靠庾姐帶我奔小康。」

庾晚音收了心，「確實。」

夏侯澹被按揉著太陽穴，呼吸聲漸趨輕緩。庾晚音見他睡著了，睏意也不期然地湧上，指尖越揉越慢，最後停了下來。

等她澈底睡熟，夏侯澹慢慢睜眼凝望著她。

庾晚音這一覺不知睡了多久，突然驚醒時，四周亮了些許，尚未破曉。

床幔外面有人低聲喚道：「別睡了，書來了。」

北舟回來了！

庾晚音一個鯉魚打挺坐了起來，忽然覺得哪裡不對，轉頭一看，夏侯澹上半身越過了三八線，分去她半邊枕頭。

庾晚音：「……」

這不能是故意的吧，純粹只是睡相不好吧，等他自己發現了也會吃驚的吧？

床幔外的北舟又喚了一聲：「澹兒？」

夏侯澹睜開眼，撐著額頭坐起身，平靜地披衣下床，「來了。」

故意的！庾晚音有點頭暈。

一直以來，夏侯澹與她獨處時，都是相依為命的戰略盟友態度，雖然也挺親密，但其實從未越過界。

所以現在這是什麼情況？普通的戰略盟友會共用枕頭嗎？

庾晚音壓下一腦門官司，跟著穿好衣服跳下床，「北叔沒受傷吧？」

北舟失笑道：「想讓我受傷沒那麼容易。只是除了禁軍看守，附近還有別人派來的暗哨，繞開他們費了點時間。」

夏侯澹已經若無其事地坐到桌案旁，「看來朕那位好皇兄還沒放鬆警惕呢。幸好有你出馬。」

北舟從懷中摸出一本沾著塵土的書，問：「這究竟是什麼東西？藏寶圖？」

夏侯澹道：「雖不中，亦不遠矣。」

三個人點起燈，翻開胥堯留下的書。

封面上印著「大夏風土紀」，內裡卻全是手寫的墨蹟。寫得密密麻麻，筆跡十分潦草。

顯然，胥堯當初寫這些字，許是當作備忘，又或許是想留個端王的把柄以防萬一，總之不是給別人看的。所以句式非常隨意，還用了不少簡稱。

庾晚音看了好半天才辨別出一行字，「策反……趙副？這個趙副是指誰？」

夏侯澹想了想，說：「禁軍好像有一個副統領姓趙，回頭確認一下。」

庾晚音恍然大悟。原文裡的端王確實策反了禁軍副統領，再扶持他推翻統領，從而將禁軍勢力握在手中。所以他最後從勤王到登基，才會一路順暢無阻。

庾晚音瞇著眼睛又讀了兩頁，都是行動計畫，與她看過的原文劇情大體一致。只是比起她模糊的記憶，這裡記載得清晰得多，有些甚至詳細到了日期與時間。

有一頁的開頭寫著「引燕國間諜除賈」——這個「賈」指的，正是原文中即將被端王借刀剷除的異己，可惜那燕國間諜昨天已經死在青樓裡。

又有一頁寫著「二月，舉闈試不第之才」——明年二月會有一場科舉，但如今的科舉考場，徇私舞弊大行其道，早已成了一潭渾水，寒門學子永無出頭之日。

端王深諳籠絡之道，會私下接觸幾個被刷下來的人才，大開方便之門，用別的方式為他們謀得一官半職，使他們為己所用。

底下甚至附上了可以塞人的官職列表。

庾晚音振奮了。

礙於北舟在場，她無法對夏侯澹說這些細節，只能望著他輕輕點了一下頭：這玩意好使！

夏侯澹也點一下頭：厲害。

北舟好奇道：「這些是端王謀劃的事？他想謀反？」

夏侯澹笑道：「是的。不過現在有書在手，我們便可各個擊破，讓他謀劃不成。」

北舟面露擔憂：「澹兒，這樣你會不會太累了？叔直接去砍了他的頭，豈不省事？」

夏侯澹：「……」

夏侯澹道：「謝謝叔。只是端王黨樹大根深，北叔再厲害，也難敵千萬人啊。」

北舟陷入沉思，彷彿在認真評估一挑一萬的可能性。

夏侯澹道：「就算能將之連根拔除，以後太后一家獨大，下一步就是除掉朕。這樣殺來殺去，治標不治本的。」

北舟問：「那要如何治本？」

夏侯澹沒有回答。

庾晚音翻著書，突然問：「燕國為何要派刺客？他們應該知道，殺我們一兩個王公貴族，也是治標不治本吧？」

北舟道：「都說燕土乾旱貧瘠，連年饑荒，日子過不下去了。他們過得越不好，就越恨我們，都快瘋魔了。而且燕國內部也有權力之爭，派幾個刺客，大概是他們博取聲望的籌碼吧。」

庾晚音剎那間福至心靈，「北叔，燕國地處乾旱地帶，種的是什麼作物啊？」

夏侯澹：？

夏侯澹：！

兩人目光炯炯地盯住北舟。

北舟撓了撓頭，道：「好像是叫……燕黍？不是什麼好東西，又糙又難吃，咱們夏國不種，種了也是用來餵豬。」

庾晚音強壓著內心的激動道：「原來如此。北叔今晚辛苦了，快去休息吧。」

北舟一走，她當場跳起，「抗旱的作物找到了！雖然難吃，但每家百姓種一點，何愁旱年過不去？到時候自然沒人造反，端王也就無法乘虛而入了，皆大歡喜啊！」

夏侯澹沉思道：「道理是這個道理，但尋常百姓一共就那麼點田地，妳怎麼說服他們種豬食？」

庾晚音提議：「啊這，由朝廷出面高價收購呢？這樣一來相當於鼓勵他們種植，國庫裡有了存糧，百姓也拿到了錢，等旱年來了，再開倉賑災就行。」

夏侯澹搖頭，「我查過了，國庫真的空了。這國家苛捐雜稅一大堆，但從朝廷到地方又有太多蛀蟲，周邊小國虎視眈眈，軍需費用也砍不了……總而言之，國庫沒錢。」

「大量印鈔？」

「那不就通貨膨脹了嗎？」

庾晚音問：「不好嗎？」

夏侯澹道：「不好吧？」

庾晚音莫名其妙道：「你那什麼語氣，你不是總裁嗎？」

夏侯澹：「……」

夏侯澹比她更莫名其妙，「我是總裁我也沒學過經濟史啊。又不是市場經濟，印鈔減稅什麼的牽一髮而動全身……」

庾晚音聽得頭疼，「行行行，我們都不懂，那只能讓懂的人來幫忙了。」

她點了點胥堯的那本書，指尖落在那行「舉闈試不第之才」上。

「我記得端王挖到的那一批考生裡，有不少人才後來成了能臣，咱們不用等科舉，直接搶在他之前下手挖牆腳吧。」

夏侯澹狐疑道：「就妳那一目十行的閱讀，能記起考生的姓名嗎？」

庾晚音：「……」

庾晚音沮喪道：「我努力一下。」

***

翌日早晨，太后撥弄著她殷紅的指甲，聽著宮女的例行彙報。

宮女道：「殿下昨夜仍舊宿於庾貴妃處。」

太后微微挑眉。這麼多年，皇帝從未如此專寵過一個妃嬪。而且據她所知，皇帝對房事非但不熱衷，簡直可以說是排斥。

太后覺得蹊蹺，追問道：「可有同房？」

宮女道：「貴妃殿外防守森嚴，不便查探。而且殿下慣於遣散宮人，與庚貴妃獨處。」

太后心中的危機感強烈了起來，「看來這避子湯是非送不可了。」

宮女忙道：「奴婢去辦。」

太后又道：「這庚晚音渾不把哀家放在眼裡，也是時候給她點顏色了。她那個爹……是任少卿之職嗎？」

第五章　夜會端王

張三猛然睜開眼，心臟狂跳。

陽光晃眼，不遠處有一道聲音正在喚著：「殿下……」

張三疑心自己在做夢。五分鐘前他還在數學課上昏昏欲睡，為了驅散睡意而偷偷滑著手機。他一通亂點，點進了什麼網路小說網頁，叫《穿書之惡魔寵妃》。

——一看就是垃圾。

張三百無聊賴地掃了文案一眼，正要退出去，突然間天旋地轉，眼前一黑。

「殿下，」那道喚醒他的聲音又近了些，「太子殿下？」

張三懷著不祥的預感抬起頭，發現自己趴在一張書案上。

一個小太監滿臉憂慮地望著他，「殿下不要睡了，娘娘要來檢查功課了。」

張三：「……」

太子？娘娘？

他正暗暗掐著大腿，就見一個通身華貴、面相威嚴的女人走了進來，冷冰冰地道：

「太子今日學得如何？」

小太監躬身喚道：「太后娘娘。」

張三：「……」

完蛋。

他只是個上課摸魚的國中生，哪知道古人該怎麼講話？

面前的太后見他遲遲不語，面露不滿之色，「為何不答？」

張三心臟都快跳出嗓子眼了，抖著手將面前寫了一半的宣紙朝她推了推，試探著說：「就……就這些。」

女人接過去看了幾眼，也不知是滿意還是不滿意，淡淡地說了一番話。張三除了之乎者也，只能聽懂「帝王」「勤勉」「中正」等零星幾個詞。

他似聽非聽，腦子裡一團混亂，只夠思考三個問題：發生了什麼、還能回去嗎、自己要說什麼才不會死。

對方是太后，自己是太子，是祖孫關係嗎？應該是吧，不會有錯吧？

眼見著女人已經講完了，又在等他回答，他硬著頭皮囁嚅道：「是，謝謝皇祖母。」

漫長的三秒過去，女人點了點頭，起身走了。

張三緩緩呼出一口長氣，這才發現自己背上全是冷汗。

所以他到底要從哪裡開始學說話？

庾晚音把腦漿都榨乾了也沒想起那幾個考生叫什麼，不過她想到了另一個法子。

北舟如今就住在貴妃殿，除了近身保護庾晚音，閒來也替他們訓練一下暗衛。

這天庾晚音敲開他的房門，「北叔，在忙什麼？」

北舟慈愛道：「做兩件披風給澹兒和妳。」

庾晚音道：「……叔真是秀外慧中啊。叔啊，你闖蕩江湖這麼久，又在青樓混過，身上有沒有帶什麼迷魂湯啊，能讓人口吐真言的那種？」

北舟想了想道：「迷藥倒是有，效果也就比烈酒強一點，能讓人神志不清胡言亂語，但說出口的是不是真言，可無法保證。」

庾晚音道：「如果讓人喝下，此人醒來後還會記得自己說了什麼嗎？」

北舟道：「這有點難辦，想讓人夢醒失憶的話，劑量要很大，但這麼大的劑量下在茶中、酒中都會有異味，很難不被察覺。」

庾晚音道：「沒問題，我有辦法。」

她覺得自己真是個天才，一切盡在掌握之中。

從北舟那裡拿了藥，她又去御書房找夏侯澹——現在宮裡誰不知道庾貴妃正如日中天，她想去什麼地方，根本沒人阻攔。

夏侯澹正在翻奏摺，「有個太后黨參了妳爹一本，說他以賭牌之名行賄。看來是太后想拿妳爹開刀了。要理嗎？」

庾晚音無所謂：「理一下也行，貶謫吧。」

夏侯澹道：「這麼無情的嗎？」

庾晚音聳聳肩道：「又不真的是我爹，根本不認識，劇情裡也沒起什麼作用。今天貶了他，讓太后放鬆警惕，說不定還能讓他免受更大的苦頭。」

夏侯澹道：「也行。」

於是愉快地決定了此事。

夏侯澹提起朱筆往奏摺上寫批語。他寫得很慢，字卻挺端正。

庾晚音好奇地看了幾眼，「你還練過字？」

夏侯澹道：「練得不好，勉強能裝吧，我現在只敢寫短句。要教妳嗎？」

庾晚音忙道：「要要要，我也得趕緊學。」

眼見話題扯遠了，她才猛然想起自己過來的目的，「對了，你今晚能不能召謝永兒侍寢？」

死寂。

夏侯澹瞪著她半天沒說話，手中的筆懸空半晌，滴下一滴濃墨。

庾晚音：？

夏侯澹一字一句問：「妳讓我，找別的女人侍寢？」

庾晚音：「……」

這氣氛怎麼這麼奇怪？彷彿自己是個貧困負心漢，賴在家裡無所事事，把老婆踢出去當小姐——夏侯澹，飾老婆。

庾晚音頭皮發麻，「不是真的侍寢，她來了你就給她下藥，然後才好套話。是這樣，我不記得考生姓名，但是她記得啊，她看過《東風夜放花千樹》，知道有幾個德才兼備的考生會含冤而死。明年科舉的時候，端王挖牆腳的名單還是她提供的。」

她如此這般說了自己的計畫。

夏侯澹勉強道：「行吧，那到時候妳躲在旁邊，全程看著，不許走開。」

說完還幽怨地瞥了她一眼。

庾晚音頭皮更麻了。

夏侯澹是從何時開始變得怪怪的？她思前想後，覺得是青樓探險回來之後。是吊橋效應吧，肯定是吧。

如果這裡必須有一個人是戀愛腦，那個人也不該是夏侯澹。

庾晚音平時看點言情小說打發時間，但其實早就過了會相信「霸道總裁愛上我」這種戲碼的年紀。作為一個社畜，她已經領悟了這個世界的真諦。階級與階級之間是有壁壘的，霸總頭腦都清醒得很，不會閒著沒事去扶貧。

除非是因為，這是在一個生存遊戲裡，而讀過劇本的自己，價值略高於區區社畜，他需要跟我建立更緊密的連接。她近乎冷酷地分析著情況，以便抹殺自己心裡那不合時宜的悸動。

庚晚音猶豫了一下，委婉道：「澹總，你不需要這樣，我們本來就是一根繩上的螞蚱，我會幫你到底的。」

夏侯澹沒再說什麼，揮揮手道：「我還有點奏摺沒看完，妳先回吧。」

庚晚音走出幾步回頭看了一眼，總覺得他的坐姿透出幾分蕭索。

* * *

謝永兒正縫著新的香囊，皇帝身邊的大太監安賢過來帶話了：「今晚陛下要召妳侍寢，妳好生準備一下。」

謝永兒驚呆了。

自從庚晚音上位以來，夏侯澹再也沒有召過別的人，她的第一個反應是庚晚音出什麼事了。

打發了小丫鬟出去打聽，得到最新情報：庚晚音的父親遭了貶謫，連帶著本人也遭了厭棄。

謝永兒心裡腹誹，果然帝王無情。

但是這個狗皇帝，卻要自己去委身。

謝永兒煩透了。這段時間的私下接觸，早已讓她對夏侯泊心生情愫。可這位聰明絕頂的天選之子，沒有像她想像中那般輕易地墜入愛河，反而對她若即若離，曖昧不已。

她原本就心情苦悶，此時這道聖旨無異於雪上加霜。

恰在此時，丫鬟道：「庾貴妃來了。」

庾晚音愁容滿面地坐在堂上，一副飽受摧殘的樣子。

謝永兒輕飄飄地關心一句她爹，就見她垂淚道：「我早說過，大家在這宮裡無非是身不由己的浮萍罷了。永兒妹妹，聽說妳今晚要去侍寢？」

來了，謝永兒心想，這是要上演哪一齣宮鬥？

沒想到庾晚音下一句是：「妳現在心裡一定很苦吧。」

謝永兒：「……」

謝永兒差一點點就被感動了。

她必須反覆在心裡告誡自己：紙片人不懂我的精神追求，裝作懂我的樣子只是為了演戲。

庾晚音將她的神情變化全看在眼裡，繼續念臺詞：「聽姐姐一句勸，那寢殿裡的東西若是味道奇怪，千萬不要喝。」

謝永兒問：「姐姐何出此言？」

庾晚音悄聲道：「妳可知這麼多年來，陛下膝下為何只有太子一個皇子？太后施壓，每個侍寢的妃嬪都必須喝下避子湯。到時候啊，妳就假裝喝了，找機會把它倒掉，否則妳永遠不可能懷上龍胎……」

我喝定了，謝永兒想。

太后手下的大宮女得了指令，要讓庾晚音吃下避子藥。

這禁藥的藥方有點複雜，其中幾味藥材不能過明面。幸好大宮女也不是第一次辦這事，著人暗中採買，很快備好一包藥粉。接下來只需倒入湯水或茶水，妃嬪服之，至少一年不能受孕。

結果她愣是沒找到機會。

庾晚音現在用膳飲茶都在貴妃殿裡，那貴妃殿的守衛竟比皇帝寢殿還森嚴，讓人無從下手。

大宮女正在煩惱，忽然聽到消息：庾晚音出了貴妃殿，往皇帝的寢殿去了。

今日不是謝嬪侍寢嗎？這時候過去爭寵獻媚也太傻了吧，皇帝既然已經厭煩了她，哪裡還會見她？

大宮女摸到寢殿後門，找了相熟的小宮女打聽，對方悄聲道：「陛下放庾貴妃進去了。」

大宮女：「……」

這是哪一齣？同時叫兩個妃嬪，難道……皇帝要玩花的？

想到先前那些侍寢妃嬪的待遇，大宮女打了個寒噤，不敢再妄測了。

小宮女接過藥粉，問：「姐姐，那這避子藥到底要給誰喝？」

事發突然，大宮女手上的藥粉只有一服。她糾結了一下，心想：聽太后的吩咐總不用擔責任，「給庾貴妃。」

謝永兒還沒到，庾晚音當著宮人的面上演了一齣爭風吃醋、淒淒切切挽留君心的戲碼。

夏侯澹一臉不耐煩地擺擺手，語出驚人，「那妳也留下，妳倆一起吧。」

庾晚音道：「嚶，謝陛下垂憐。」

四周宮人瞳孔地震[4]。

庾晚音把宮人唬弄過去了，這才柔若無骨地貼到夏侯澹耳邊，低聲道：「我把迷魂藥帶來了。」

夏侯澹道：「OK。」

庾晚音坐到他身邊，一個小宮女乖覺地奉上一杯熱茶。

小宮女指尖有些顫抖，然而庾晚音自己心中有鬼，沒注意到。

夏侯澹揮退宮女，看著庾晚音從袖中取出迷魂藥，倒入面前的熱茶中。

4 瞳孔地震：網路流行用語，因為突然很震驚，眼睛裡的瞳孔驟然放大，瞳孔動靜大得就像發生了地震一樣。用來誇張形容自己突然震驚的狀態。

庚晚音道：「記得給她喝。」

夏侯澹道：「我儘量。她要是不肯怎麼辦？」

庚晚音胸有成竹：「妳就直接讓她喝，她會喝的。」

她認真晃了晃，待藥粉完全溶化，才端著茶走去寢殿後方，放到龍床前的小桌上。

等她轉身走去殿前，剛才的小宮女又從角落裡冒了出來，望著那杯茶滿面驚恐。

庚貴妃不僅沒喝那杯茶，還要給謝嬪喝？難道她已經識破了其中有避子藥？不可能啊，這避子藥難配，正是因為加入茶水後渾然一體，沒有異味，就算全喝下去也辨別不出來。

又或許，庚貴妃心機深沉，猜到太后會有這一手，所以讓謝嬪當替死鬼？

小宮女有把柄抓在大宮女手上，根本不敢忤逆對方。眼見著任務即將失敗，她咬一咬牙，躡手躡腳地上前端起那杯茶。

庚晚音備好迷魂藥，回到殿前陪夏侯澹坐了一下，眼見著天色已晚，謝永兒也該來了，便說：「我去殿側躲一下，免得她看見起疑，等她藥性發作了你再喊我出來。」

夏侯澹道：「那妳安心坐著，讓他們給妳上盤茶點。」

庚晚音坐到殿側屏風後，小宮女迅速端來茶點。

庚晚音揮退左右，悠閒地嗑起了瓜子。

謝永兒來了，儀態萬方地見了禮。

夏侯澹歪坐在殿前，還是那副神經質又危險的樣子，陰惻惻地看了她一眼，也不寒暄，惜字如金道：「來吧。」

謝永兒屈辱地跟著他走向寢殿深處的龍床。夏侯澹坐到床上，蒼白的手指點了點桌上的茶杯，又蹦出一個字：「喝。」

來了，庾晚音所說的避子湯。

謝永兒求之不得，端起來「咕咚咕咚」一飲而盡。

夏侯澹：「……」

這麼積極嗎？

謝永兒咽下茶水，沒品出什麼怪味，只當庾晚音描述有誤，腹誹了一句。

夏侯澹見她喝得如此爽快，喝完了一副「現在要辦事了嗎」的表情，認命地就要脫衣服，忙道：「謝嬪。」

謝永兒動作一停，「陛下？」

夏侯澹：「……」

妳就不能喝慢點，給迷魂藥一點起效時間嗎？

夏侯澹不得不開了金口：「那日宮宴上，聽妳演奏一曲，頗為難忘。謝嬪既好雅樂，不如唱首曲兒助助興。」

謝永兒心下鄙夷：我唱的曲子你能欣賞嗎？

她醞釀了一下，寂寞如雪地開了口：「明月幾時有，把酒問青天……」

夏侯澹又開始掐大腿。

謝永兒的歌聲在空蕩蕩的寢殿中迴響，輾轉飄入殿側，正在嗑瓜子的庾晚音嗆到了，捂著嘴悶咳幾下，端起茶杯抿了一口。

「噗——」

夏侯澹等了半首歌的時間，見謝永兒眼神清明，舉止如常，不禁又看了她手中的茶杯一眼。

殿側忽然隱隱傳來嗆咳聲。

夏侯澹頓了頓，站了起來。

謝永兒的歌聲隨之一停，疑惑地望向他。

夏侯澹隨口道：「妳在此等著。」就走了出去。

他大步走到殿側屏風後，用氣聲問：「怎麼了？」

庾晚音邊咳邊道：「出問題了，謝永兒那杯不是迷魂湯，這杯才是，我剛才一喝才發現的！」

夏侯澹問：「為什麼？」

「我也不知道，我明明……算了，現在不是糾結這個的時候。」庾晚音將茶杯塞給他，「幸好我只抿了一小口，問題不大，你快去讓她趁熱喝。」

「她剛喝了一杯，再給她一杯？妳當她傻嗎？」

半分鐘後。

夏侯澹道：「喝。」

謝永兒接過新的茶杯，一仰頭又一飲而盡。

夏侯澹：？

謝永兒這回品出味道不對了，心想：這杯是真的。

話又說回來，剛才那杯該不會是搞錯了吧？這暴君智商有問題嗎？原文裡有這個設定嗎……

這個念頭剛轉完，她的目光就開始渙散。

夏侯澹等了幾秒，張開五指在她面前揮了揮，「謝嬪？」

謝永兒暈暈乎乎如在雲端，「嗯。」

夏侯澹問：「這是幾？」

謝永兒大驚：「你智商真的有問題？」

夏侯澹：「……」

夏侯澹轉身招呼庚晚音：「出來吧，她傻了。」

庚晚音剛才抿了一小口迷魂藥，目前沒什麼感覺。這藥效也就是加強版的烈酒罷了，拋開劑量談毒性都是偽科學，自己這麼一口應該不礙事。

聽見夏侯澹喚自己，她戴上了事先準備好的狐狸面具，款款走到謝永兒面前，甕聲甕氣地演了起來：「馬春春，妳過得還好嗎？」

謝永兒跌坐在地，打了個酒嗝，「妳誰？」

庚晚音蹲下去望著她，彷彿在打詐騙電話，「連我都不記得了？」

謝永兒對著那面具看了半晌，若有所悟，「妳知道我的名字，那一定是《東風夜放花千樹》的作者太太了？」

庚晚音心裡一驚：這傢伙腦洞還挺大。

她順勢道：「沒錯，想不到妳穿進我的書裡，居然攪動風雲……」

謝永兒突然打斷道：「我爸媽還好嗎？」

庚晚音：「……」

庚晚音道：「挺好的，妳還是關心一下妳自己吧。想不到妳居然攪動風雲……」

謝永兒再度打斷：「我愛豆後來拿了第幾名？」

庚晚音轉頭去看躲在一旁的夏侯澹。

夏侯澹用口型道：「說她愛聽的。」

庾晚音道：「第一。」

一聲脆響，謝永兒悲憤地摔了杯子，「不可能！平臺不會當人的，妳騙我！」

庾晚音：「……」

這傢伙作為一個紙片人，人設會不會過於豐滿了？

庾晚音重整旗鼓，壓沉了聲音彰顯威嚴：「說正事。想不到妳居然攪動風雲，將端王唬得團團轉，還把書裡的劇情線都搞亂了，妳要如何負責？」

謝永兒「呸」了一聲，說：「我要是按照妳的劇情走，只能作為炮灰早早死掉。」

庾晚音循循善誘：「妳不該把那幾個落榜考生的名字劇透給端王。端王保他們入朝為官，固然能讓他們免於不公正待遇，但也奪去了他們經受磨礪的機會啊。正所謂天將降大任於斯人也……」

謝永兒勃然大怒：「狗作者，妳以為我不記得原文了？」

「原文怎麼了？」

謝永兒道：「原文裡李雲錫和楊鐸捷揭發那混世魔王作弊之後，一出考場就被套麻袋打死了；爾嵐女扮男裝被發現，遭人輕薄羞辱之後被逐出都城，含恨自殺；還有……」

庾晚音回頭朝夏侯澹瘋狂比劃：記下來，記下來！

夏侯澹：在記了，在記了。

謝永兒一口氣報了五六個人名：「什麼天降大任，他們跟我一樣，都只是妳隨手造出又隨手捏死的炮灰罷了，還不許我們反抗嗎？」

然而庾晚音已經沒在聽她的慷慨陳詞了。

庾晚音湊到夏侯澹身旁，看了看他記下的人名，心滿意足道：「沒錯，就是他們。找到這些人才，燕黍畝產一千八，旱災通膨都不怕。」

謝永兒坐在原地，醉醺醺地嚷嚷：「狗作者？沒話說了嗎？」

夏侯澹道：「但這些有抱負的讀書人肯定恨死了昏君，否則也不會那麼容易被端王挖牆腳。怎麼在科舉之前就騙他們為我所用，還得研究研究。」

謝永兒轉頭四顧，「人呢？」

「來了！」庾晚音敷衍地喊了一聲，又低聲對夏侯澹說：「我想過了，得靠你的演技。而且在取得他們信任後，你還得說服他們改名，否則這幾人一入朝為官，知道他們底細的謝永兒就會察覺異常。」

「狗——作——者——妳把我害得好——慘——啊——」謝永兒喊著喊著帶上了哭腔。

庾晚音一陣頭大，「來了來了。」

她沒有哄醉鬼的經驗，只好蹲下去拍拍肩摸摸頭，「別哭了，比上不足，比下有餘，那庾晚音才是真的慘。」

謝永兒越有人哄，越是悲從中來，大哭道：「端王根本不信任我，我只是個工具人……」

她哭得太大聲了，庚晚音怕被宮人聽見，剛要去捂她的嘴，忽然聽她含含混混說了兩句什麼。

一瞬間，就在那一瞬間，庚晚音渾身的血液都冷了。

她不經意地側過頭，瞥了瞥夏侯澹。

夏侯澹正對著剛記下的人名苦思冥想，沒有注意這邊的鬧劇。

庚晚音心跳如擂鼓，將耳朵湊近謝永兒，問：「妳剛才說什麼？乖，再說一遍。」

謝永兒道：「我說他不信任我……嗚，我明明讓他對副統領下春藥，卻偷聽到他跟謀士說……說要毒那人的馬……」

謝永兒幫端王出主意，讓他去策反禁軍趙副統領，是寫在《穿書之惡魔寵妃》裡的情節。

按照原文，端王應該採納她的建議，用春藥放倒趙副統領，然後引他去輕薄禁軍統領最喜歡的小妾，最後再讓統領撞破這一幕，從此與趙副統領結仇。

趙副統領是個沒腦子的草包，為了自保，不得不與端王結盟，弄死統領，取而代之。端王透過控制他，就控制了禁軍的勢力。

庚晚音記得策反這件事，卻記不清詳細過程，如今聽謝永兒一說，她才想起，原文裡的端王確實是這麼做的。

——那麼，為什麼胥堯的記錄裡，會是另一個計畫？

謝永兒發完酒瘋後，倒頭就睡。

庾晚音跟夏侯澹一人扛頭，一人扛腳，將她搬上龍床，還扯亂了床單和她的衣服，偽造出事後場景。

「她喝了那麼多迷魂湯，醒來後什麼都不會記得。」庾晚音說：「到時你再罵她幾句，就說她害怕得精神錯亂，發了一晚上瘋什麼的，讓她信了就行。」

夏侯澹道：「她不會信的。她都發瘋了我還不埋她，必有蹊蹺。」

庾晚音有點頭暈，不耐煩地揮揮手，「那你就演一下那個吧，就那個，『女人，從來沒有人敢這麼對我，妳引起了我的注意』。」

夏侯澹問：「……妳認真的嗎？」

庾晚音道：「你自由發揮吧……我累了，先撤了。」

庾晚音匆匆趕回貴妃殿。

她抖著手翻開胥堯的書，抱著微末的期待確認了一下，最後一絲希望破滅了。胥堯的確是這麼記的：「邀趙副飲酒，毒其馬，使瘋馬踏破先帝儀仗。」

那儀仗是先帝在時賜給端王，嘉獎其戰功的，一直被供在端王府的中庭裡。

破壞御賜之物的罪名，遠勝過「玩弄統領的小妾」，足以嚇破趙副統領的膽。

庾晚音闔上書，茫然地望著跳動的燈燭。

為什麼？

為什麼端王脫離了原文的劇本，不再信任謝永兒，甚至修改了理應照辦的計畫？

她難以置信地甩甩腦袋，試圖晃走愈演愈烈的暈眩，再度翻開書，一行一行地從頭確認。

被修改的不只這個計畫。

改動的都是一些很小的細節，比如原文裡中秋之夜做的事，被延遲了一天；又比如暗殺某大臣的地點，從某別院改為了另一個別院。

如果沒有今夜之事，她或許永遠不會注意到這些細節變化，即使發現了，也只當自己記錯了。

如果沒有拿到胥堯這本書，她就只能依照《穿書之惡魔寵妃》的劇情，指揮著夏侯澹左衝右突，試圖挫敗端王的陰謀，卻永遠在細節上失之交臂，最終萬劫不復……

庾晚音發現自己在發抖。她將手靠近燈燭烤熱，卻抖得更厲害了。

為什麼？

她以為自己料敵機先，為什麼端王能預判她的預判？

難道，當她以為自己在最高層時，端王卻站在更上一層，俯視著她露出微笑？

他知道這一切嗎？

自己在他眼中，也只是個紙片人嗎？

他先前故作懵懂不覺，都是在故布疑陣，迷惑自己嗎？

今晚發生的事情，也會被他看見嗎？

——就像讀書那樣，看得清清楚楚？

然後，他只消再度更改一個日期、一個地點，他們就又成了貓爪下被玩弄的耗子。

庾晚音癱坐在椅上，感到自己的身軀在不斷下沉，沒入暗黑的泥潭……

肩上突然多了一隻手，那隻手輕柔地拍了拍她，「妳怎麼了？」

庾晚音眼睛發直，「我完了，玩完了，GG[5]了。」

「為什麼這麼說？」

庾晚音充耳不聞，只顧自言自語：「等死吧，別掙扎了。端王才是真人，我們？我們就是幾行文字，刪除鍵一按就沒了的那種……」

夏侯澹從她身後繞到身前，蹙眉觀察她的神情。

那點迷魂藥終究還是發作了。

或許是因為跟避子湯的藥材發生了反應，這迷魂藥的藥效來勢洶洶，庾晚音只喝了一口，此刻也如墮五里霧中，渾然不知身在何處。

5 GG：Good Game的縮寫，競技遊戲用語，原指「打得好，我認輸」。現多用於現實生活中表示「失敗」的場景。

她聽見一道聲音平靜地問：「所以，妳想放棄了嗎？」

「我……」庾晚音困難地思考了一下，靈機一動，「我還有一條路，可以現在就舉白旗，然後投靠端王呀！你說他會收留我嗎？」

沒有聽到回覆。

庾晚音忽然想起另一節，沮喪道：「不對，他都知曉一切了，根本不需要我。」

安靜持續了一段時間，接著那道聲音說：「或許妳可以讓他愛上妳。」

庾晚音笑道：「奪回屬於我的女主角劇本？哈哈哈，不行的啦，他有謝永兒了。」

「謝永兒不如妳。」

「確實。」庾晚音相當客觀地點頭，「你這提議也不是完全不可行。」

夏侯澹靜靜地望著她，「所以，妳要試試嗎？」

「嗯……」庾晚音陷入沉思。

彷彿過了一個世紀，她面露困惑，「我好像不太樂意。」

「為什麼？」

「他太可怕了。」庾晚音低下頭，「肯定要耍心機就能讓我死心塌地愛上他，然後為他付出所有，耗盡剩餘價值，最後飛撲到他身前為他擋下一刀，或者一箭，無怨無悔地死在他懷裡。」

她揮動著想像力的翅膀，把自己說得淒然淚下，「然後他掉幾滴眼淚把我厚葬了，回頭去找謝永兒……男人都是這麼成大事的！」

夏侯澹：「……」

夏侯澹伸手替她抹去淚水，極其緩慢、極其溫柔地問：「那夏侯澹呢？」

「他？他不會吧，他說的。」

先前庾晚音一人得道，庾家雞犬升天。

庾少卿在朝堂裡只是個毫無作為的老透明，勉強算是端王黨，但又備受排擠。

眼見著庾晚音以前所未有的速度躥升至貴妃之位，門庭冷落的庾府忽然熱鬧了起來，從前不給正眼的人們都要來探探情況、說句好話。

庾少卿透明了這麼多年，如今受到一點巴結，不禁飄了，開始暢想起加官晉爵的美好未來。於是攀上幾個大員的關係，藉賭牌之名行了點賄。

萬萬沒想到，第二天就被太后抓住小尾巴，直接辦了。

他一遭貶謫，庾府再度門可羅雀。

一屋子人正唉聲嘆氣，忽然聽見通傳：「端王到——」

庾少卿受寵若驚。

這種時候，堂堂端王怎會屈尊過來？難道自己對他還有什麼意想不到的價值？

夏侯泊還是那副謙謙君子貌，上坐之後溫言道：「庾大人近來如何？」

庾少卿抹了把老淚，「下官倒是還好，只是擔心貴……貴妃娘娘會不會因此失了聖心，過上苦日子啊……」

夏侯泊便配合地安慰道：「聽聞庾貴妃聰慧賢淑，聖寵隆眷。本王下回進宮，也會為你探問一二。」

庾少卿千恩萬謝，只等他的後文。

然而沒有後文了。夏侯泊與他寒暄了一盞茶的工夫，又客客氣氣地告辭走了。從頭到尾，庾少卿都沒猜出這尊大神的來意。

夏侯泊出了庾府，身後便有兩道影子貼了上來，跟著他上了馬車。

夏侯泊道：「找到了？」

手下呈上一張小紙，「這是屬下在庾晚音的閨房中搜到的。」

紙上是庾晚音入宮之前，在家謄抄的詩文。

夏侯泊看了幾眼，手下又呈上了另一張紙，「這是在藏書閣裡找到的。」

藏書閣火勢稍緩後，端王讓手下打著救火的名號衝入其中，一是為了確認胥堯已死，二是為了看看屍身附近有沒有不利於自己的證物。

手下沒在胥堯那裡搜出什麼，卻帶出了庚晚音書案上的一張紙。

破碎的紙張邊緣已經燒焦，上頭留了幾筆斑駁的墨痕。

夏侯泊將兩張紙比對了一下，淡淡地笑了，「看出什麼了嗎？」

手下道：「……這兩幅字，真是同一個人寫的？」

夏侯泊點了點紙張，「看來是時候與她會一面了。」

庚晚音睜開眼睛又閉上了，猛然翻身，將頭埋進枕下。

她昨晚只喝了一小口迷魂藥，沒有斷片。相反，所有對話她都記得清清楚楚——端王有可能在最高層。

她原本想瞞著夏侯澹調查此事，結果卻親口告訴了對方可以舉白旗投靠端王……幸好自己最後還是對夏侯澹表了忠心的，否則這時應該已經在土裡了。然而那表忠心的方式……

庚晚音用枕頭捂住耳朵當鴕鳥。

說完那句「他不會吧，他說的」，她就澈底暈了，一頭栽向夏侯澹。

夏侯澹也沒再說什麼，將她抱上床，好像還替她蓋了被子，就轉身走了。

庚晚音不知該如何面對他。她自己心裡也覺得不可思議。

穿來之後庚晚音告誡過自己三千遍，誰也別信，她玩不起。不能戀愛腦，不能衝動行事，不能遊戲人生。人家天選之子死了，這本書會腰斬；她死了，這本書最多砍掉三頁。

——所以到底從什麼時候起，她就在潛意識裡把自己賣了？

賣了也就算了，還讓人知道了！簡直是在對夏侯澹揮手絹：我是顆傻棋，來呀，利用我呀。

這樣下去不行啊……

「小姐？」丫鬟小眉在床邊催促，「該起了，今日要覲見太后的。」

庚晚音梳妝打扮時，小眉便在一旁閒話：「聽說今早陛下寢宮中有個小宮女被嚴刑拷問，之後就被拖出去了。好像是往茶水中下了避子藥，小姐妳沒事吧？」

庚晚音在腦中過了一遍關於那杯茶的細節，想明白前因後果。

「不要緊，我只喝了一點點，大部分是謝嬪喝的。」

小眉愣了一下，委婉道：「她現在已是謝妃了。」

庚晚音：「……」

小眉眼眶一紅，「陛下怎可如此荒唐，竟讓妳們兩人在同一夜……還封她為妃！老爺、夫人該多心疼啊，嗚嗚嗚……」

庚晚音想起來了，自己好像讓他對謝永兒演一齣「霸道總裁愛上我」的戲碼。

小眉猶在憤憤不平：「聽說她還故作惶恐，百般推辭，然後陛下說……說他從未見過像她這樣特別的女人。」

庾晚音：「……」

夏侯澹確實演上了。

眾妃請安時，他又出現了，這次沒給庾晚音一個眼神，直接坐到謝永兒旁邊。謝永兒不自在地往旁邊讓了讓，他又擠了擠。

謝永兒奉茶給他，他接過時特地摸著她的手。

坐在一旁的庾晚音瞬間感覺到無數道視線偷瞄向自己，包括太后的。她非常入戲地淒然低下頭。

太后心裡盤算著該準備新的避子湯了。

太后道：「花朝宴臨近了，皇帝可有什麼打算？」

夏侯澹道：「到時，就讓謝妃獻舞吧。」他瞇眼看著謝永兒，「聽過謝妃奏樂唱曲，卻還沒領略過妳的舞姿呢。」

庾晚音心想：要是跳起〈極樂淨土〉，夏侯澹能憋住嗎？

夏侯澹恰好在此時不經意地瞥了她一眼，彷彿想像出類似的畫面，嘴角幾不可見地一抽。

庾晚音趕緊別開視線，免得笑場。

無論如何，夏侯澹作為隊友，比起端王還是可靠得多。

夏侯澹陪坐了一下就走了。

等到謝永兒隨著眾妃嬪魚貫而出，就發現安賢沒有隨著皇帝離開，而是等在外頭。

見她出來，安賢笑道：「謝妃娘娘，奴婢送您回去。」

皇帝身邊的大太監把寶押給了謝永兒！

庾晚音又感覺到無數道視線。她黯然一笑，獨自走開了。

說來在原文裡，這老太監為了巴結庾晚音，在謝永兒失勢時狠踩過她一腳。後來謝永兒鬥贏了，安賢又去捧她，卻被她送進了大牢。

如今少了失勢這一節，謝永兒沒跟他結仇，反而乖覺地走到他身邊。

她畢竟是惡魔寵妃本妃，對得寵一事雖然不耐煩，但也要充分利用。

不如先利用安賢除去幾顆眼中釘？

兩人走出一段，謝永兒楚楚可憐道：「安公公可否賜教，陛下究竟看上我哪一點？」

安賢笑道：「陛下說，他昨夜看妳瘋瘋癲癲，有一股鮮活之氣，跟別的宮妃不一樣。今早又視妃位如糞土，好生單純可愛。」

謝永兒：「……」

太土了！

庚晚音沒管這邊的土味小劇場，獨自踱去了藏書閣。

藏書閣正在舊址上重建，進度相當緩慢。

她望著那些精細作業的工匠發了一下呆，腦中盤算著端王的事，忽聽有人喚道：「庚貴妃。」

庚晚音轉頭，身邊多了個工匠打扮的人，二話不說塞給她一物，「請收下。」

庚晚音莫名其妙低頭一看，是一封信箋，信封上沒有落款。

「這是……」她抬起頭，對方已然不見蹤影。

庚晚音走到無人處拆開信，只有寥寥數字：「子夜御花園，石山後一敘。」

落款處畫了隻王八。

御花園周圍巡守的侍衛似乎被支開了。庚晚音沒提燈燭，藉著月光摸索前行，便聽石山後傳來一道溫煦的聲音：「晚音。」

夏侯泊果然等在那裡了，月光下一襲白衣猶如謫仙。

庾晚音獨自赴約，多少有點心慌。本想帶個人保命，然而無論是北舟還是暗衛，肯定都會找夏侯澹告密，所以她只得偷溜出來。

她必須知道他在第幾層，才能決定接下來怎麼走。

她做了個深呼吸，沉下心來進入角色，面露嬌羞，道：「殿下，怎麼這樣叫我？」

夏侯泊笑而不答，只說：「今日早些時候遇到了庾少卿，他頗為牽掛，不知妳在宮中過得如何。」

庾晚音長嘆一聲：「陛下今早封了謝妃。」

說到這個名字，她瞄了夏侯泊一眼，昏暗中看不出他有什麼神情變化。

庾晚音索性直接問道：「殿下以為謝妃如何？」

「她是陛下的妃子，我不敢妄議。」

「……那我呢？」

「妳？」夏侯泊慢慢朝她走近一步，「晚音，咱們已經認識這麼久了，有些話是不是也該說開了？」

庾晚音做含情脈脈狀：「比如？」

端王也含情脈脈地說：「比如，妳究竟是誰。」

站穩了，庾晚音想。

夏侯泊道：「又比如，陛下是誰，謝永兒是誰。」

庾晚音沒能控制自己倒退了一步。

最壞的猜測成真了。

他能看穿謝永兒，也許是因為謝永兒這戀愛腦說漏嘴什麼。進一步看穿自己，也許是因為自己在哪裡露出了馬腳。但看穿夏侯澹那個影帝，卻絕無機會。

他只能是站在更高層。

夏侯泊微笑道：「不必如此緊張，我對妳一向沒有惡意。妳也能預知一些事情，便更該明白，選我才是明智之舉。」

庾晚音道：「你……你既然全都知道，還需要我做什麼？」

夏侯泊愣了愣，「妳誤會了，我來找妳，並不是為了知道什麼，只是因為心悅於妳。」

庾晚音感到荒誕極了，「我們連物種都不一樣，你怎會心悅於我？」

夏侯泊頓了一下，「這並不妨礙。」

庾晚音道：「啊？所以你是喜歡我這個角色嗎？」

夏侯泊溫柔地笑了笑，說：「所以從一開始就來找妳啊。」

寢宮裡一燈如豆。

「庚貴妃去了御花園。我跟去看了一眼，她在與端王私會。」北舟直截了當道：「離太遠了沒聽清說了些什麼，不過氣氛似乎挺旖旎。」

夏侯澹：「……」

北舟憂心道：「澹兒，此人如果已經投敵，是不是處置了比較好？叔知道你喜歡她，但她可是你的枕邊人，一旦生了異心，太過危險了。」

夏侯澹用指尖撥弄著燭火，沒有說話。

一旁跪著的暗衛熟練道：「屬下去辦？」

夏侯澹慢慢道：「你們有沒有想過，站在她的角度，跟隨端王確實更穩妥。」

北舟很困惑：「為何？你不是已經掌握了端王的計畫嗎？」

夏侯澹苦笑了一下。

昨晚庚晚音匆匆告辭，腳步虛浮地逃回貴妃殿，然後發現了端王的祕密。她當時並沒打算告訴自己，只是那一口迷魂湯讓她說了真話。

她信任自己，但她太怕端王了。

「想活下去，也是人之常情。」

北舟嘆息了一聲，說：「你不該讓兒女私情衝昏頭腦……那女子真有如此重要？」

夏侯澹道：「她是我的浮木。」

北舟與暗衛面面相覷，怎麼就成浮木了？

暗衛沒遇到過這種場面，試探道：「陛下，埋嗎？」

夏侯澹道：「你再問一個字，朕就埋了你。」

庾晚音摸索著朝貴妃殿走去，每一步都重逾千斤。

她腦中一團糨糊，所有計劃，所有抱負，乃至所有自我認知，全裂成了無數碎片。

不玩了，這還怎麼玩。

或許對方把她當一本書讀的時候，真的喜歡她這個紙片人？雖然聽起來很奇怪，但對她來說絕對是個好消息。他都拋橄欖枝了，乾脆早點投奔過去，還能顯示一下誠意……

然而在意識深處，始終縈繞著一絲違和感。

她的腳步越來越慢，最後停在原地。

不對吧。

被恐懼攫住的大腦重新開始艱難地運轉。

如果夏侯泊真的在更高層的話，怎麼會讓他們看見胥堯的書呢？費心偽造一本書，故意讓他們看見，從而對他的身分產生懷疑，這對他有什麼好處？

想要打敗夏侯澹，最簡便的方式當然是什麼都不讓他們知道。

為什麼不索性銷毀那本書？

猶如冰面碎裂只需一道縫隙，一旦有了這個疑問，更多的疑問便爭相湧上。

他如果知道她是穿的，可以直言相告，為什麼要幾次三番地試探她？

今夜她說物種不一樣的時候，他是不是頓了一下？

庾晚音重新邁出腳步，越走越快。

這一切其實還有另一種解釋，那就是端王仍然是紙片人，但是，他透過某種方式察覺了異常，猜測他們換了芯子。

在他眼中，他們或許類似於開了天眼的半神，所以可以預知未來，還能察覺他一些祕密。

所以端王不信任她和夏侯澹，也不信任謝永兒——對他而言，他們三個才是同類。透過胥堯那本書可以看出，謝永兒給他的建議，都被他修改了細節。這算不算是一種試探，試探他們究竟能預知到哪一步？

可是，他並沒有把握，自己修改細節之後就能逃過他們的天眼，所以他才要接近她，故弄玄虛套她的話，進而策反她……

但還有一個疑點：一個紙片人究竟是怎麼生出「換了芯子」這麼前衛的概念的？就連謝永兒都沒能找出同類，他卻明確懷疑了三個人。

這真的是「智計超群」就能解釋的嗎？

如果沒有更多的證據，就無法判斷他究竟是哪一種。

庚晚音思前想後，暗暗下了一個決心。

第六章　密會

翌日，她找到了夏侯澹，「我要拿那幾個考生做一個實驗。」

夏侯澹問：「……什麼？」

「是這樣，現在關於端王有兩種假設，他有可能比我們更高一層，也有可能還在最底層。所以我想試一試他。」庾晚音花了一個晚上想出這個計畫，此刻正在興頭上，沒注意到夏侯澹探詢的眼神，風風火火道：「謝永兒說出的那幾個考生，你能聯絡上嗎？」

夏侯澹望著她。

她夜會端王，不是去投誠的嗎？

夏侯澹道：「已經在找了，應該沒問題。我打算近日微服出去與他們見一見，看看能不能打動他們。」

「好，那我們事先放出消息，讓端王以為這場會面在A地，然後到了當日，再偷偷去B地碰頭。現在有了暗衛和北舟，這點祕密應該能夠保住。」

夏侯澹隱約明白了她的想法，「所以妳想看看端王會去哪裡查探？」

「對，如果他得了A地的情報，就去A地守著，那就是紙片人。如果他朝兩邊都派了人，那他還是紙片人——我們的行蹤被發現了，但端王多疑謹慎，兩地都不會放過。」

庾晚音緩緩道：「只有在一種情況下，他才會捨棄A地，直奔B地——他在更高層，預判了這一切，所以確知A地可以忽略。」

夏侯澹鼓起掌來：「不愧是庾姐。」

庚晚音道：「嘿嘿嘿，一般一般。」

「但妳有沒有想過，萬一他預判了一切，包括我們現在的對話，所以故意朝兩邊都派人呢？」

「他不會裝紙片人的。」庚晚音咬咬牙說了出來，「他私下接觸過我，想讓我相信他在更高層，然後效忠於他。有這個機會證明自己，他巴不得呢。」

夏侯澹微微挑眉道：「這種事，妳就這麼告訴我了？」

庚晚音被他看得有些心虛，不自覺地提高了聲音：「我這不是不信他嗎？能選的話我肯定跟你混啊。」

「庚晚音。」

「嗯？」

夏侯澹揉了揉額頭，「如果實驗結果證明，他在更高層呢？」

庚晚音：「……」

夏侯澹道：「如果是那樣的話，妳可以去投靠他。這是真心話。」

類似的臺詞他之前也說過，但庚晚音只當是懷柔之策，沒往心裡去過。

夏侯澹語聲平淡：「我不會攔妳，但妳離開之後，就失去了我的庇護，這點妳應該也懂。」

這……是在威脅嗎？

庚晚音小心道：「然後你要做什麼？」

「我？」夏侯澹彷彿認真考慮了一下，「我多半會在力所能及的範圍內殺一些人，然後坐等自己的結局吧。」

庚晚音的心涼了一下，「……你聽起來有點跟暴君重合了。」

夏侯澹無精打采道：「沒辦法啊，妳天天頭疼欲裂試試看。」

庚晚音無法真正害怕夏侯澹，哪怕他說著最危險的臺詞。

她也思索過為什麼。或許是因為他的表情和語氣——三分抱怨，三分低落，像一個吃火鍋時聊著跳槽衝動的同事。不僅與他在外扮演暴君時判若兩人，也不太像個高高在上的總裁。

他渾身都釋放著「這是同類，可以相信」的氣息。

她甚至無法報之以謊言，隨口哄他「就算是那樣，我也不會跑路」。因為大家都一樣，大家都明白，公司破產了，員工都是會走的。

跟她看的文裡那些女主角比起來，她的戀愛腦只有三分之一，膽子則只有二十分之一。那點虛無縹緲的溫情，在死亡面前不堪一擊。

庚晚音早就知道自己是這個德行，但面對著夏侯澹，心中還是有些不好受。

她轉移了話題：「北叔在替你四處驗毒呢，他連我都查過了。以後會好的。」

接下來幾天，夏侯澹一方面朝考生寄出了密函，另一方面朝端王放出了假消息。

幾日後。

夏侯澹道：「考生們到B地了。端王的人目前只去了A地。」

庾晚音神情鬆弛下來，「那就八九不離十了，這孫子是裝的。總之先去赴約，靜觀其變吧。」

所謂的B地是一處湖。

今日天陰，遊人並不多，湖中稀稀拉拉漂著兩三艘船。

夏侯澹和庾晚音這次扮作通身貴氣的公子哥，在「家丁」們的簇擁下包了一艘富麗的畫舫，朝湖中心緩緩蕩去。

畫舫遠離湖岸之後，又有一艘小漁船朝它靠過來。

暗衛在雙船之間放下踏板，須臾接上來六個人。

盤絲洞二人組今天又是慈眉善目二人組，雙雙搖著摺扇站起身來，文質彬彬地迎接來客。

六個學子大多是單薄的文人身形，只有當先一人較為健碩。見過禮後，他們才卸下了臉上的人皮面具，露出六張年輕或滄桑的臉。

當先那個健碩學子瞧起來年過三十，神情倨傲中隱隱帶了些不滿，口中道：「我等前來赴約，是有感於閣下的來信，願與知音一敘。不過今日一看，閣下對我等並不似信中那般相見恨晚。」

他這暴躁老哥似的一開口，庾晚音就對上號了。

李雲錫，所有考生中最窮苦的一個。胸有大才而屢試不第，生性剛正不阿，在《東風夜放花千樹》裡因為揭發某關係戶作弊，最終橫死街頭；在《穿書之惡魔寵妃》裡則被夏侯泊籠絡，成了其一大助力。

夏侯澹忙拱手道：「勞煩各位舟車勞頓，又受了這遮頭蓋面的委屈，在下心中實在過意不去。個中情由，容後解釋。如信中所言，在下確實仰慕諸位才名已久，諸位的錦繡文章，尤其是其中的賦稅徭役之論，在下常常口誦心惟，掩卷而思。」

他彷彿生怕姿態擺得不夠低，說完當場對著原作者背了幾段，背得聲情並茂、搖頭晃腦、嘖嘖感慨。

學子們：「……」

有點羞恥。

讀書人畢竟面皮薄，被這麼一捧，總要擺出個笑臉回贈兩句。

夏侯澹順勢請他們落了座，換上一臉憂國憂民，「諸位無疑有經國之才，只是如今世道混亂，科舉猶如一潭死水，徇私舞弊大行其道，寒門學子幾乎沒有出頭的機會。在下見諸位一年年苦讀，心有不忍啊。」

李雲錫道：「誰人不知所謂選賢舉能早已成了笑話？只是我一心未死，承仰鄉親蔭澤，不甘百無一用罷了。」

他這話戳中了考生共同的痛點，餘人紛紛附和。

有人說朝中能臣凋零，大夏要完，自己恨不能以頭搶地喚醒那暴君；有人提出端王文韜武略，尚可稱賢王，又有人冷笑道端王一心自保，不敢出頭；有人辯駁端王無罪，罪在暴君，陷民生於水火；甚至有人指責庾晚音妖妃禍國。

最後有人喝茶上頭了，振臂一呼：「王侯將相！」

夏侯澹道：「寧有種乎？」

學子道：「正是！」

庾晚音嗆咳出聲，用手肘捅夏侯澹。

學子們冷靜下來一想，也有些膽寒，「……閣下可真敢說。」

唯有李雲錫嗤笑道：「有何不敢？在座諸位皓首窮經，能救大夏幾何？」

夏侯澹道：「沒錯，讀書救不了大夏人。」

李雲錫道：「你們且抬眼看看，不見青天，唯見爛泥！碩鼠碩鼠，無食我黍！既為蒼生，無有不可！」

夏侯澹激情鼓掌：「說得太好了，有李兄這般胸襟抱負，大夏才有望啊！」
學子們都感動地看著他，「閣下果然信如其人。話已說到這個份上，不知閣下能否告知大名？」
船艙裡寂靜了一下。
夏侯澹搖了搖摺扇，儒雅道：「敝姓夏侯。」
學子們紛紛站起身來望著他，「端……端……」
夏侯澹道：「單名一個『澹』字。」
庾晚音腳趾摳地。
她應該在船底，不應該在船裡。
夏侯澹又指了指她，說：「這是禍國妖妃庾晚音。」
暗衛積極地圍了上來。
凝固在原地的學子們終於動了，七零八落地跪了下去，面如死灰。只有兩個人還硬戳在原地不肯跪。其中一個自然是李雲錫，另一個是剛才附和得最起勁的杜杉。
此時李雲錫自知必死，反而不慌不忙，瞪著那對惡人夫妻滿臉不忿；杜杉卻雙腿發抖，只因臉面比天大，愣是不肯輸給李雲錫。
夏侯澹擺擺手揮退了暗衛，「諸位都請起。」
他倒是沒有絲毫不自在，彷彿剛才放言要反了自己的人不是他。

「諸位只知暴君苛政、魚肉百姓，殊不知朕這個皇帝早已被架空。如今的朝政，半數由太后把持，半數由端王左右。他們以朕的百姓為賭注，一場接一場地豪賭，朕心如刀割，卻別無他法。今日一敘，只為朝諸位剖開這顆拳拳之心。」

他再次示意，學子們訕訕地重新落座了。

只有李雲錫仍然梗著脖子站著，「陛下既有此心，何不整頓科舉，廣納人才，卻要我等形同做賊，蒙面來見？如此納才，未免有失君儀。」

「適才說過，確有苦衷。」夏侯澹道：「太多雙眼睛盯著朕，單是動一動科舉，便會立即遇到多方阻撓。若非暗衛四處搜羅，諸位的錦繡文章根本到不了朕的案上。此時只能暗中接觸，再徐徐圖之，將諸位送去合適的位子上大展宏圖。」

他嘆了口氣，道：「諸位一入朝堂，定會被太后或端王黨盯上，或吸納，或利用，或針對，拖入他們的豪賭之中。到了那日，唯願諸位莫忘了今日舟上痛陳之辭、鴻鵠之志，站直了身子，做大夏的脊梁啊。」

庾晚音服了。

聽聽，真是催人淚下。

這總裁到底是做什麼生意的，這麼有演員的自我修養？

學子中甚至有兩人紅了眼眶，庾晚音辨認了一下，一個是扮男裝的大才女爾嵐，還有一個是方才抖著腿不肯跪的杜杉。

杜杉一臉感動道：「陛下竟寄如此厚望於我等，真是……」

李雲錫道：「真是成何體統！」

夏侯澹：？

庾晚音：？

李雲錫暴躁道：「天子此言，何其輕巧？一句苦衷，就要將寒門學子的血肉之軀塑成棋子，去為你拋頭顱，灑熱血，廢太后，除端王。夾縫求存，所以你不能抒發己志？多方阻礙，所以你不能整肅朝綱？堂堂天子連這等擔當都沒有，又何必演什麼千金買骨，推別人去做脊梁！」

夏侯澹：「……」

挺押韻的。

角落裡抱胸而站的北舟動了一下，想去砍了他。夏侯澹幾不可見地搖了搖頭。

李雲錫提高聲音，說得咬牙切齒：「草民的鄉親父老，每家每戶，無一不是一年到頭起早貪黑地耕織，存留的糧米卻只夠果腹。草民一對弟妹，出生不久趕上歉年，被父母含淚活活餓死……如此賦稅，去了該去的地方嗎？中軍連年奮戰對抗燕國，將士的軍餉裡竟摻了三成沙石！陛下，陛下，你睜眼看過嗎？」

杜杉慌了：「李兄，也不必如此……」

李雲錫嘲諷道：「適才是誰說若能面聖，定要以頭搶地、以死相諫？聖上就在眼前，怎麼一個個都啞巴了？」

杜杉漲紅了臉，被堵得啞口無言。

庾晚音這時真的有些汗顏了。

她是小康家庭出身的普通社畜，學校裡也沒教過如何拯救一個國家。加上人在書裡，始終有種虛幻感，無法對紙片人的處境感同身受。所以集結這些學子時，確實沒想過會面對這一番拷問。

可是……她現在無法確定自己不是紙片人了。

所以其他紙片人的痛苦，真的那麼虛假嗎？

此時李雲錫一通搶白，夏侯澹顯然也招架不住了，沉默不語。庾晚音不由得幫著說了一句：「陛下當時處置了戶部尚書的，鬧得很大，諸位應該聽過。」

一旁的杜杉欲言又止，幾番掙扎後開口道：「月前消息傳來，草民的家鄉百姓無不歡欣鼓舞，為陛下燒香祈福。」

他沒再說下去。

庾晚音彷彿臉上被人揮了一拳。

那戶部尚書死後，太后黨立即推上了另一個嘍囉占位。

無須再說，她也能猜到民生沒有絲毫改善。那家家戶戶的高香終究是白燒了。

李雲錫失望地搖了搖頭，似乎無意多談，轉身要走。

他剛轉身，暗衛就動了。

所有人都明白此人絕不能留——他懷著如此仇恨離開，卻又已經知曉夏侯澹的密謀，等於一顆不定時炸彈。

杜杉顫聲道：「李兄。」

暗衛直接亮劍，李雲錫不為所動，大步向前，似乎打定了主意要血濺畫舫。

「等等！」庾晚音喊道。

她小跑到李雲錫面前，語無倫次道：「李……李先生，陛下今日來此，絕不是為了將各位捲入朝黨之爭。說難聽點，那尸位素餐之輩——也包括皇室——死也就死了，可百姓又有何辜？」

眾學子震驚地看著她，妳剛才說包括誰？

庾晚音道：「但如今局勢已經如此，賦役不均，胥吏舞弊，貪官橫行，國庫空虛，我等能力有限，實在是惡補也來不及了，需要諸位啊。」

她深深一禮，懇切道：「晚音口拙，說不出什麼大道理，唯有懇請各位，不為什麼暴君妖妃……」

眾學子震驚地看向夏侯澹。

夏侯澹毫無反應。

庾晚音繼續道：「也為家鄉父老計議吧！」

她再度深深一禮，抬起身時發現李雲錫盯著自己，神情有異。

庾晚音抹了把眼淚，詫異於自己的演技。但另一方面，她又不確定自己還是不是在演。

「陛下、貴妃娘娘。」一個安靜清瘦的學子開口了。

「草民生來患有惡疾，如今只剩兩三年壽數。」

庾晚音想起來了，此人叫岑堇天，是個農業奇才，在原文裡不能算是端王黨，一腔赤子之心，為社稷嘔心瀝血了兩年。

然後旱災來了，他看著焦枯作物、遍地餓殍，懷著生不逢時的憾恨咽了氣。

兄弟祭天，法力無邊，端王當著眾人的面向他祭酒，發誓為其報仇，然後反了。

岑堇天道：「敢問陛下，草民有生之年，能否看見河清海晏，時和歲豐？」

夏侯澹與他對視片刻，鄭重道：「此為天子之諾。」

岑堇天淺淡一笑，跪地道：「願為天子效犬馬之勞。」

所有學子最終心平氣和地圍坐在一起，與夏侯澹商議了兩個時辰，最後眾人弄來烈酒共飲了一杯。

夏侯澹與庾晚音親自將他們送回漁船，望著他們戴回偽裝，撐舟離去。

兩人還沒有轉身回艙，便聽喀啦一響，不遠處的漁船在他們眼前開始迅速下沉。

事發突然，所有人愣住了。

夏侯澹猛地轉頭道：「暗衛，掉頭救人！」

有幾個通水性的學子果斷棄了漁船，朝著畫舫游來，餘下的還在徒勞地往外舀水，便見平靜的水面驟然生變，游到半途的學子忽地嗆水掙扎起來，身後憑空冒出幾道刺客的身影！

庾晚音一聲尖叫，只見水中一片暗紅漾開，杜杉已經被刺客從背後抹了脖子。

夏侯澹的暗衛紛紛跳入水中與刺客纏鬥，試圖保護學子。

北舟站在船頭，目光如電掃視了一圈，指了指湖岸某處，簡短道：「那裡。」

話音剛落，也不見他如何動作，舉起的袖中就「咻」地射出一物，閃電般直衝著湖岸而去！

緊跟著岸上傳出「噹」的一聲巨響，有人擋下這一物。

直到此時，庾晚音才看清他所指的地方，確實立著幾道人影，其中一人被其他人擋在身後。

雖然看不清眉目，但用腦子一想也知是夏侯泊無疑。

北舟袖中「咻咻」連聲，攻勢不斷。夏侯泊的侍衛舉劍抵擋，漸漸吃力起來，護著夏侯泊左躲右閃，很快就倒下一人。

水中的刺客發覺不妙，分了幾個人來阻撓北舟。

夏侯澹的暗衛頓時占了上風，護著哭爹喊娘的學子游向畫舫。

庾晚音左右一看，船上有兩個救生用的木桶，一頭連著繩子，連忙抱起來拋向眾人，「抓住！」

李雲錫體魄健壯，無須暗衛幫助，自己游得最快，一把抱住一個木桶。庾晚音連忙往回拉繩。

鬆弛的繩子猛然緊繃！

一名刺客在混戰中受了傷，又被打落武器，只能閉氣入水伺機而動，此時突地冒出頭，拖住李雲錫。李雲錫猛烈掙扎，刺客死死鉗著他不放，要把他拖入水裡。

李雲錫口鼻嗆水，終於呼道：「救——喀喀喀……」

庾晚音使出了吃奶的力氣拽繩子，「別放手！」

她吃不住那頭的重量，整個人朝船沿滑去。背後伸來另一雙手，與她一起抓住繩子。

夏侯澹咬牙道：「我也拉不過。」

庾晚音道：「閉嘴，拔河！」

「端王來了，妳的實驗結果如何？」

「我已經不在乎了。」

無論是因為預見了此處，還是追蹤到了此處，夏侯泊終究還是來了。

他來了，要在他們眼前殺死所有學子。

是控制，也是震懾。

他要嚇破他們的膽，讓他們再也生不出反抗之心。

按照她膽小如鼠的本性，此時確實該被嚇破膽。

但是物極必反。

庚晚音怒髮衝冠。

她一直覺得站在端王的角度，從小遭受太后虐待、夏侯澹欺負，苟延殘喘到了出宮建府，又有感於朝政腐敗，想要取而代之，一切行為有他的道理。

然而，水中掙扎的這幾個人，是未來的股肱之臣、社稷棟梁，是穩住大夏的最後希望。

如果他是紙片人，那就是在濫殺無辜。

如果他來自更高層，明知他們是誰，還輕易下令抹殺，那就是為了自己亂世梟雄的未來，提早宣判了旱災中無數人的死刑！

「我惡不過他，這點他贏了。」庚晚音死死拽著粗糙的繩子，掌心皮開肉綻，「但哪怕他是神，我也絕不會投誠！」

夏侯澹的手心也磨出了血，聽她咬著牙關說得含混，「妳說什麼？」

庚晚音青筋暴出，朝天怒吼：「幹他！」

這一聲吼得幾乎撕裂了嗓子，回音在空蕩蕩的湖面上傳出老遠。

庚晚音直直瞪向岸上之人。隔得那麼遠，彼此的五官都看不清，但玄而又玄地，她卻懷疑對方露出了一個饒有興味的笑。

庚晚音惡向膽邊生，雙手間陡然爆發出一股蠻力。水中的刺客與李雲錫拉扯良久，已經力竭，沒料到她突然發難，竟被她拽動了，身不由己地漂向畫舫。

庚晚音的血液被擠出指縫，順著繩子一滴滴往下淌。

與她對抗的那股力量忽然消失，她踉蹌著倒退一步，撞到夏侯澹身上。

刺客終於氣力不濟，放開李雲錫，獨自沉了下去。李雲錫抱著木桶浮出水面，嗆咳不止。

幾人這口氣剛鬆，就見水中冒出一雙手，狠狠掐住李雲錫的脖子！

刺客詐死！

庚晚音與雙目暴突的李雲錫對視著，心中的恐懼瞬間沒頂，絕望道：「救——」

下一秒，一道身影如飛鴻般掠去，一腳蹬在刺客的天靈蓋上，「喀啦」一聲送他歸了天。

北舟終於解決了面前的敵人，有餘暇清掃戰場了。

庚晚音發著抖四下掃視，除了開場就被抹脖子的杜杉，剩餘的學子都被救下了。

那些刺客原本人多勢眾，幾倍於夏侯澹的暗衛，結果來得壯烈，送得輕鬆。一場廝殺虎頭蛇尾地結束，岸上那幾人不知何時也撤退了。

水中餘下幾個刺客徹底失去鬥志，轉頭朝岸上游去。

北舟看了看夏侯澹。

夏侯澹道：「一個都別留。」

北舟點點頭，了結逃兵，又跳入水下搜查了一番，把一個閉著氣的漏網之魚撈上來宰了。

一具具屍首橫七豎八地漂浮著，將這一方湖水染成血紅色。

學子們重新上了畫舫，或多或少都受了傷，濕淋淋地蜷縮在船艙裡，只能由暗衛幫著臨時處理傷口。

北舟從懷中摸出一瓶藥粉，對夏侯澹和庚晚音道：「伸手。」

四隻手攤開，暗衛呼啦啦跪了一地，「屬下該死。」

北舟撒著藥粉眼眶一紅，「剛才不該讓那廝死那麼快。」

庚晚音搖了搖頭，低頭望著一旁那具蒙住臉的屍體——杜杉被打撈了上來。

就在一刻鐘前，這個人還滿腔壯志，與他們共飲著烈酒。在原文裡，他雖然有些膽小怕事，但因為死要面子，不甘輸給這些同期，最終也咬著牙接受磨礪，成長為澤被一方的良臣。

庚晚音強迫自己收回目光，走向船艙角落。

爾嵐縮成一團坐在那裡，拒絕了暗衛的包紮，面容緊繃地盯著地板。

庾晚音脫了自己的外衣，披到她肩上，「還好嗎？」

爾嵐驟然抬頭，面露戒備。庾晚音安撫地笑笑，用最小的聲音說：「沒事的，擋一擋。」

爾嵐笑了笑。

夏侯澹一直背靠船壁站著，若有所思。

待學子們包紮了傷口，喝下熱茶，神色鎮定下來，他才開口道：「方才潛伏在水中的刺客已經全死，即使偷聽到了船裡的對話，也傳不出去。諸位又做過喬裝，端王應該無從得知你們的身分——但朕也不敢作保。若他查出朕今日見了誰，恐怕諸位的名字已經上了他的暗殺榜。」

庾晚音與學子們一道抬頭望著他。

夏侯澹道：「經此一役，諸位還想冒險潛入朝堂嗎？現在入朝為官，為免引起注意，必須改名換姓，拋卻過往的才名，甚至很長時間不能再回鄉。明年科舉時，朕會另外找人頂用諸位曾經的名字，圓了這個謊。」

庾晚音心想：這倒是個聰明法子。端王和謝永兒都沒見過這幾個考生的真容，只知道名字而已。如此一來，端王按照謝永兒給的名單去找人時，就會找到幾個贗品。

夏侯澹話鋒一轉：「若是就此萌生退意，亦在情理之中。只是諸位已經得涉機密，朕不能放爾等自行歸鄉，萬望諒解。」

李雲錫摸著脖子上紫黑的指印，整個人萎靡了不少，「那陛下要如何？像方才那樣亮劍殺我嗎？」

夏侯澹笑道：「不會。朕會找個遠離這片泥淖的地方安置你們，也不強迫諸位出謀劃策，行謀士之實。諸位只需安心讀書，待都城局勢穩定，無論是誰坐穩那個皇位，你們仍會是清清白白的可用之才。」

幾個學子面面相覷。

片刻後，回宮的馬車上。

夏侯澹問：「手還疼嗎？」

庾晚音隔了兩秒才搖頭，「北叔的傷藥很好。你呢？」

「我也還行。回去再用酒精沖一下吧。」夏侯澹沒發現她的情緒異常，還沉浸在自己的思緒裡，「妳覺得端王是怎麼回事？」

庾晚音道：「是紙片人。」

「這次篤定了？」

「嗯。我剛才冷靜下來，就想明白了。」庾晚音道：「他沒有更高視角，才會同時派人去了A、B兩地，而且明顯沒預估到北叔的戰鬥力。他選擇在我們面前殺人，原本就是為了威懾吧？若說連敗北都是算計好的，我是不信。今天這一齣鎩羽而歸，不僅長他人志氣，還讓我質疑他的實力，對他沒有任何好處……對你倒是挺有好處的。」

最後一句說得意有所指。

臨別之時，夏侯澹那一席話說完之後，幾個學子無一例外，全部選擇入朝為官。

原文裡就很激進的李雲錫和楊鐸捷帶頭，較為沉穩的汪昭和爾嵐隨後。最後是岑堇天：「草民時日無多，等不起了。」

就連庾晚音都沒有預想到，今日的談話會如此順利。

雖然損失了一個學子，但夏侯澹得到了所有人的忠心。

望著他們眼中昂揚的鬥志，庾晚音的激憤反而漸漸冷卻了下去。

太順利了。

順利到不可思議。

夏侯澹道：「確實，有了這幾個幫手，燕黍就可以引進了，經濟問題也有人出主意了，往後終於不是我們兩個對坐拍腦袋了……」

庾晚音坐在他對面掙扎幾秒，還是開了口：「澹總。」

「嗯？」

「端王作為紙片人，能掌握我們的行蹤，只可能是有人洩密。但今日我們的行程只有北叔和暗衛知道，而他們在原文裡都忠於你到最後一秒。學子們赴約前根本不知道你是誰，也不可能洩密。那麼……」

夏侯澹沉思道：「我也在想這件事。不過，原文裡的端王也沒這麼不擇手段吧？他作為男主角順風順水的時候，並不需要當惡人，結果我們來了，境遇改了，他不也變了嗎？」

庾晚音慢慢收回目光，「你說得對，看來要慢慢查了。」

會是夏侯澹自己引來端王的嗎？

甚至還有另一個問題：岸上那人真的是端王嗎？

有沒有可能，端王自始至終都被蒙在鼓裡，只去了A地，而B地湖中發生的一切，都是夏侯澹自導自演的呢？

犧牲一個紙片人，換來更大的利益……畢竟他在宮裡的時候，似乎也沒把紙片人的命看得多重。

可是，就算她庾晚音今日焚香沐浴原地升天當了聖母，紙片人也還是會死的，而且是成千上萬地死。死在旱災裡，死在戰火中，死在端王上位的道路上。

為了阻止那一切，現在死一個杜杉，或許……

庾晚音掌心一陣劇痛，才發現那隻手無意識地攥緊了拳。

她心中生出一股無由的惱怒。自己還沒找到正反證據呢，居然先為夏侯澹開脫起來。

說到底，她第一步就不該對夏侯澹懷有真善美的期許。社畜是不會要求同事真善美的，這種期許通常是誰對誰的，她不想知道。

北舟今天被端王看見了身手，為了混淆視聽，又重啟縮骨功，切換到女人模樣，成了貴妃殿裡的新嬤嬤。

夏侯澹對外獨寵謝妃的新人設不能崩，沒有陪他們回貴妃殿。庾晚音獨自重新處理了手上的傷，隨便扯了個理由應付驚慌的小眉。

小眉道：「小姐傷成這樣，幾日之後的花朝宴上還如何表演啊？」

庾晚音道：「表演？我為啥要表演？」

「當然是因為陛下點了謝妃獻舞，她最近出盡風頭，咱們不能被她比下去啊！」小眉焦慮道：「不然唱首歌？」

庾晚音興趣缺缺，只想趁機探問一點原主的技能點，試探道：「妳覺得我唱得如何？」

小眉面露難色：「……還有幾天時間呢，小姐努力學學？」

好的，沒有技能點。

張三已經穿過來一段時間了，還活在地獄模式裡。

每分每秒，他都在默默觀察古人的言行舉止，生怕說錯一個字就露餡。小太子每天都有課業，他得從毛筆字開始惡補，更別提那些不知所云的古文內容了。

幸好這小太子的原身似乎挺沉默寡言，以至於他每天扮啞巴也沒人覺得奇怪。至於課業，他寫得再爛，也沒有老師敢訓斥太子——這大概是新生活唯一的美好之處。

然而，他的靈魂只是個國中生，如今肉體更是幼小，行走在這個氣氛詭異的皇宮裡，時刻覺得難以自保。

穿來之前他只匆匆看過這篇文的文案一眼，隱約記得主角是個穿來的妃子，卻不記得那妃子叫什麼。

他試圖去尋找過這個世界的同類，偶爾遇到一個妃嬪，都要細細打量一番。但以太子的身分，並不方便接觸皇帝的後宮，那幾秒鐘的審視也實在發現不了什麼。

他冒險過一次，在群妃向太后請安的時候，覥著臉跟在太后身邊，在她們宮鬥中場休息時，當著所有人的面說道：「皇祖母，最近天太熱了，孫兒簡直想活在冰室裡不出來。」

這個暗示夠不夠明顯？同為穿越者的人能聽出端倪嗎？

結果所有妃嬪低眉順眼，繼續沉浸於宮鬥戲碼，甚至沒人多給他一個眼神。

只有太后板著臉訓了一句：「身為儲君，不該畏暑畏寒，貪圖享樂。」

張三：「……」

這樣下去真的不行，他必須想辦法留下一個顯眼的標記——只有同類能發現的那種。

第七章　試探

花朝宴的主題還挺有創意，每個妃子都選了一種鮮花簪在髮間，就連衣著配飾也與之呼應，這樣一朵一朵嬌花亭亭落座，宴席間衣香鬢影，賞心悅目。

或許是覺得這場景不適合未成年人觀看，又或許是一貫避免夏侯澹與兒子接觸，太后並沒有帶太子來。

海棠花姬謝永兒款款上陣，獻出一支獨舞〈寄明月〉。

她準備充分，事先跟樂師打了招呼，教他們學會伴奏，只是由於自己也沒記清，成品略有跑調。

夏侯澹這次居然忍住了沒笑場，也可能是確實沒聽過這首，全程十分鎮定，還有餘裕擺出癡迷的神情。

謝永兒轉著扇子跳完了，風情萬種一拜。

夏侯澹道：「好，好，坐到這裡來。」

謝永兒越過庾晚音坐到皇帝右側，還要拿眼瞧著庾晚音，嬌聲道：「庾貴妃，不知妹妹可有幸一睹姐姐的舞姿啊？」

庾晚音：「……」

原文裡她也說了這話，只不過當時身分倒換，是風頭正勁的庾晚音故意點了謝永兒跳舞，想看她出醜，結果謝永兒用一曲〈寄明月〉豔驚四座，挫敗了庾晚音的陰謀。

沒想到命運的軌跡改變了，謝永兒還是做出同樣的選擇。

得勢也要鬥，失勢也要鬥，妳怎麼就這麼沉迷宮鬥？

謝永兒那夜侍寢，醒來後竟然記憶全失，還聽宮人說自己當時驚恐過度，狀若瘋癲。

她知道自己不可能那麼脆弱，一定是那碗避子湯有問題。名為避子，說不定其實是別的毒藥。

自己發瘋的時候到底說了什麼？

看那暴君事後沒有生氣，反而對自己展開了土味攻勢，大概沒說什麼危險的話吧。

然而……庾晚音當時騙自己喝那碗藥，肯定沒安好心！

謝永兒想明白這個問題，再也不願心慈手軟。她雖然不喜歡夏侯澹，但人在宮中，身不由己，她不抓住帝王心，來日就只有被鬥倒的份。

庾晚音嘆了口氣，將手心的傷口藏了藏，「回陛下，回太后，臣妾不善舞藝，恐怕無法獻舞。」

太后冷哼一聲：「貴妃好大的派頭，是要哀家請妳不成？」

謝永兒的新跟班紛紛擠眉弄眼。

落毛鳳凰不如雞，庾晚音淒婉地行禮道：「臣妾、臣妾最近只學了一首小調，唱的不好……」

謝永兒愣了愣，如臨大敵，《東風夜放花千樹》原文裡沒提女主角會唱歌啊？

庾晚音深呼吸數次，回憶一下跟小眉現學的調子，擺了個姿勢開口了：「江南可採蓮，蓮葉何田田……」

直愣愣的大白嗓，雄壯如縴夫。

謝永兒：「……」

太后：「……」

庾晚音成心要噁心這幾人，硬是把整首曲子乾吼完了，才柔弱道：「臣妾受了風寒，氣息不繼，嚶，求陛下責罰！」

她看向夏侯澹。

夏侯澹愣愣望著她，面露「她好清純，好不造作，跟別的妖豔賤貨好不一樣」的驚豔之色。

庾晚音的視線跟他接觸半秒，就忙不迭地收了回去。她怕他和自己之間總有一個要先爆笑出聲。

夏侯澹咳了一聲，溫柔道：「既然貴妃身體不適，就不必陪坐了，先去休息吧。」

庾晚音落荒而逃。

夏侯澹在這種時候實在太好笑了，以至於她很難想像，這樣的人會去行那些陰險狡詐之事。

但她同時又知道，這樣的判斷完全是意氣用事。

庚晚音心中第一百零八次對自己念著「保持清醒」，並沒留意腳下走到了哪裡，忽聽不遠處傳來熟悉的聲音：「晚音。」

庚晚音瞬間清醒了。

該來的總是要來的。

夏侯泊將她帶到一間似曾相識的舊屋——正是他上次私會謝永兒的那間。看來這裡還是他在宮中的大本營。

庚晚音故作不知，「這裡是哪？」

夏侯泊溫聲道：「小時候，我尚未離宮，若是受了宮人毆打，便會跑到這裡躲起來，獨自熬到深夜再回去。」

開始了，反派獨白環節。

庚晚音如今確知他不是全知全能的神，而且還需要自己，底氣便足了許多，反而能好整以暇地陪他演戲了。她聞言面露觸動，良久才道：「上次見面時，殿下所言之事……」

夏侯泊道：「嗯，妳考慮清楚了嗎？」

庚晚音試了他一句：「我的考慮結果，殿下也能清楚看見嗎？」

夏侯泊裝神弄鬼道：「妳覺得呢？」

庚晚音低頭摸出一個香囊，「我……我那時驚慌之下，言語間對殿下有些冒犯，這是賠禮……我自己繡的。」

這是她這兩天趕工出來的，繡工奇爛無比，紅豔豔的底色上，烏漆墨黑地繡了一男一女。男人獨臂，但由於手藝太爛，看不出是失誤還是故意為之。他們共騎在一隻碩大無朋的鳥上，大概是雕。

雖然知道了端王不在最高層，她還需要更嚴謹些，確認一下他也不在中間層，只是最底層的紙片人。

但是，她又不想用問「how are you」這樣簡單粗暴的方式測試他。因為，端王自己還在故弄玄虛扮演著半神，以為把她瞞得很好。她問了「how are you」，他答不上來，便會明白自己已經被揭穿。

她需要更高明的測試題。

這個香囊就是她琢磨出來的題。任何一個穿越者看見它，都會脫口而出：「神雕俠侶？」

夏侯泊道：「燕燕於飛？確有幾分巧思。」

庚晚音：「……」

庚晚音立即笑道：「殿下喜歡就好。」

行了，你小子底褲都掉了。

雖然她仍舊猜不出一個紙片人怎麼能找出三個穿越者，雖然她面對這個手段明顯高於自己的危險生物，依舊心懷恐懼，但經過這幾日的見招拆招，她的膽氣一寸寸生長，終於邁出了關鍵的一步：她，要唬爛他了。

她賭端王並沒有「穿越者」這個概念。因為原文裡謝永兒從未向他表明過來歷，每次出主意時，都只是含糊道：「我算出來的。」

那麼謝永兒在他眼中，究竟是諸葛再世，還是妖魅精怪？

也許他自己也在琢磨這件事？也許自己那日脫口而出的「物種都不一樣」，為他帶去了更多想像空間？

還有一個問題。端王已經有了一個全心全意幫他的謝永兒，卻並不全然信任她，還要跑來招安自己。他再智多近妖，也不可能憑空算出自己比謝永兒高一層。所以他為什麼如此執著於自己？

庾晚音決定一探端王的內心世界。

她暗中吸了口氣，緩緩問出一個推敲多日的問題。

庾晚音問：「你是什麼時候開天眼的？」

夏侯泊：「……」

在這半秒之間，庾晚音彷彿能看見端王那漂亮的腦袋瓜裡，飛速轉動的齒輪擦出了火花。

夏侯泊鎮定道：「前不久。」

庾晚音道：「我料想也是。殿下當時忽然點出我能預見一些未來，我嚇了一跳，事後一想，才明白原來殿下也已得見大光明。只是殿下性情言行竟毫無變化，這一點與我等不同，所以才有些不敢認。」

夏侯泊腦內的齒輪又飛速轉了幾圈，「為免多生事端，不得不稍做偽裝，見笑了。」

「原來如此，那現在可以打開天窗說亮話了。不知殿下自己又預見了什麼？」

夏侯泊面不改色道：「晚音以為我今日是如何找到妳的？」

庾晚音狐疑道：「除此之外呢？」

「……」夏侯泊顯然害怕多說多錯，一時沒有接話。

庾晚音的思考很簡單：按照原作，端王應該一心瓦解太后黨，並不會將瘋皇帝放在眼裡。此時起疑，是因為他意外發現夏侯澹和庾謝二妃都與往日不同，而謝永兒那些未卜先知的建議，又讓他進一步懷疑三個人非同尋常。

她想繼續韜光養晦，就必須消除他的戒心。

但此時一味強調「我很普通」，或者「我這能力不足為慮」，只會顯得此地無銀三百兩。

不如虛虛實實唬弄一番，讓他自己得出「所謂天眼也沒什麼大不了」的結論。

庾晚音再接再厲，循循善誘：「殿下才剛開天眼，還不太適應吧？是不是夢裡有時能看見些奇異的景象，卻又不知是何意？」

夏侯泊順坡下驢：「是的，瞧著甚是模糊。」

庚晚音笑道：「解夢是門大學問，誰也說不清楚。據說境界最高者，六道眾生諸物無不能照，一閉眼便勘破迷障。但實際上每個人根骨殊異，能看見的東西也不盡相同。」

她裝作很在意的樣子，打探道：「殿下既是皇子，能看見更長遠之事嗎？」

夏侯泊懂了，自己看見的，她看不見，所以可以隨便說。

夏侯泊道：「說來怕妳傷心。」

庚晚音：！

庚晚音緊張道：「但講無妨。」

夏侯泊緩緩負手，「我看見了戰火燎原，死傷無數，國祚斷絕。晚音，我還看見夏侯澹匆匆逃出皇宮，身邊沒有妳。」

乖乖，果然眼界不同，連扯謊的氣勢都不同，一張口就是大場面。

庚晚音用上了畢生演技，醞釀出一臉驚疑不定。

夏侯泊還挺入戲，「妳沒看見嗎？」

「我……」庚晚音欲言又止，「我只能看見一些最近的小事。」

「比如？」

庚晚音想了想，說：「有一次，我在夢裡看見過謝永兒一針一線地繡一個香囊——似乎就是殿下腰上這個。」

謝永兒這香囊是躲起來繡的，連貼身侍女都不知情。庾晚音會知道，純粹是因為原文就是這麼寫的。

庾晚音帶著醋味加了一句：「殿下先前似乎說過，謝永兒也開了天眼？可她怎會認識你，又怎會繡香囊向你示好？」

夏侯泊頓了頓。謝永兒在送香囊時說過：「永兒略通占卜，曾算出殿下才是天命之人，真龍天子。」

夏侯泊心中對庾晚音的說法又信了幾分，面上卻溫柔道：「應當是看錯了吧。」

庾晚音道：「不可能，那香囊的繡線我看得分明！」

「哦？妳夢中的畫面都很清楚嗎？」夏侯泊繼續評估。

「嗯……」庾晚音的大腦也開始超速運轉，「清楚的，還有一次，我清楚地看見殿下遭人下手暗算。」

夏侯泊：？

庾晚音道：「那時我剛入宮，殿下應該還在戍邊，我看到一個魁梧的人從背後偷襲，幸好殿下反應快，回身擋了一下……之後我就驚醒了，一直擔心得不行，幸而後來殿下平安歸來了。」

夏侯泊想起她說的是哪一幕了。

她看見的人是洛將軍，與自己混得很熟，時常互相試試身手。那所謂的「偷襲」也只是一次玩笑。

所以，她確實開了天眼，但其實只能看見零碎的畫面，至於畫面是何意，則未必能準確猜測。

夏侯泊心中分析著，不動聲色道：「晚音，陛下可曾告訴過妳，他看見了什麼嗎？」

這個問題庾晚音已經準備好答案，「他有一次驚醒，說他看見我當了他的皇后，並立世間，國運昌盛。」

夏侯泊不以為然，「晚音是聰明人，即使不用天眼，想必也能看出大夏如今內憂外患，不似中興之兆。陛下既然是驚醒的，當時神色如何？」

庾晚音憂鬱地低頭。

夏侯泊用一種「你司快倒閉了，跳槽到我司吧」的口吻說：「妳在宮中幾度沉浮，仍視陛下為良主明君嗎？」

「……晚音不過是個僥倖窺見一線天機的可憐之人，那麼遠的未來對我而言，如同一團迷霧。殿下想從我這裡得到什麼呢？」

夏侯泊瞇了瞇眼，望著她低垂下去的蒼白臉蛋。

她今天為了花朝宴扮作牡丹花仙，一身金紅貴氣逼人，神情卻像霜打的茄子，一副唯唯諾諾沒有主意的樣子。

跟那天湖心的女子判若兩人。

那一日他站在岸上，遠遠聽見她那聲撕心裂肺的「幹他」，至今仍疑心自己聽錯了字眼。但那份無畏的氣勢還是破空而來，她彷彿由內而外打破了一層枷鎖，整個人都在發光。

讓人無端地……想要掠奪那光。

片刻之後，庾晚音鐵青著臉回到貴妃殿。

夏侯泊剛才說：「前幾日，我在夢中見到陛下與妳在湖中泛舟，與幾個布衣相談。我有些擔心妳出宮後的安危，便派人跟去看了看，沒想到陛下身邊多出一個高手，二話不說，殺了我手下許多暗衛。」

庾晚音：「……」

她竟從未見過如此厚顏無恥之人。

夏侯泊甚至還理所當然地問她：「你們見的是什麼人？那高手是誰，晚音見過嗎？」

庾晚音還想多苟一陣子，不能直接撕破臉，只得忍氣吞聲道：「只是我想學小曲兒，陛下隨手點了幾個平頭百姓來教我罷了。至於那高手，我在宮裡從未見過他。」

夏侯泊道：「是嗎？那妳能不能用天眼算一算他在何處？」

庾晚音忙道：「殿下難道不知夢中的畫面光怪陸離，都是天意所賜，不是我等能指定的？」

夏侯泊被堵住了。

他沉默一下，緩緩伸手，憐惜地摸了摸她的臉，「為我試試，好嗎？或許不久之後妳會想明白，誰才是妳的良人。」

庚晚音拿出全部的自制力，才沒讓自己後退。

他的話翻譯過來就是：我的耐心是有限的。

庚晚音一回貴妃殿，便喚來信得過的暗衛，吩咐道：「去謝妃的必經之路上多放些辟邪鎮妖的玩意。」

暗衛詫異道：「娘娘，難道謝妃是妖？」

庚晚音高深莫測道：「她自己知道。」

暗衛又問：「鎮邪法器可有講究？」

庚晚音道：「沒什麼講究，長得越瘆人越好。再放點那種道士高人斬妖除魔的話本，妖魔的結局越慘越好。」

端王心思縝密，誰都不信，連謝永兒都不完全信任，否則也不會來找自己當備胎。

自己那番唬爛，他肯定不至於照單全收，轉頭就會找謝永兒比對。

自己要事先嚇一嚇謝永兒，把人嚇到草木皆兵，這樣到時候端王套話，謝永兒才不至於大喇喇全交代了。

至於她會扯什麼謊、能否與自己的說辭完全對上，這個就不強求了。反正端王也不信任她，虛虛實實，誰真誰假，就讓他自己想吧。

他要是對謝永兒的預言澈底失去信任，那反倒是天大的好消息。

這一整天，謝永兒每到一處，都有詭狀異形的可怕東西入目。那些憑空出現的話本更是不斷恐嚇著她：妳這妖物被盯上了，要被貼上符紙燒死了。

是誰？究竟是誰想害她？

是皇帝懷疑她的歌舞來路不明嗎？不，以皇帝的脾氣，疑心一起，直接就把她埋了，不會如此費心暗示。

是哪個嫉妒她的妃嬪嗎？不，妃嬪也只會偷偷去找皇帝告密，何必引她警覺？

直到晚間端王來找她密會，正在濃情蜜意指月談詩，冷不防問了一句：「永兒曾經說過，自己時常未卜先知？」

謝永兒僵住了。

是的，這話她只告訴過他。

難道古人終究還是接受不了這種說法，直接將她打為妖孽了嗎？之前那些鎮邪之物，是用來試著鎮她的？

謝永兒道：「……也……也不是時常……而且也未必都準……」

夏侯泊道：「占卜之時，是什麼感覺？有天音傳入耳中嗎？」

謝永兒哪還敢說真話，含糊道：「沒有那麼玄乎，只是模糊的感覺罷了。」

「感覺？」

「嗯……」

夏侯泊瞥了她一眼，目光在她攥緊發白的指節上停留了一下，伸手握住她的手，溫聲道：「別害怕，我會為妳保密的。」

那你又何必試我？謝永兒恐慌之餘，生出幾分委屈。自己全心全意為他打算，到頭來卻換不來一句坦言。這個人的心思，實在太深了。

夏侯泊道：「永兒能不能算一算，陛下在計畫著什麼？」

皇帝？謝永兒愣了愣，「似乎沒什麼特別的。」

原文裡的皇帝什麼都沒幹，就是吃喝玩樂等著被推翻罷了。

難道說他最近做了什麼事，但自己看完原文忘了？

謝永兒怕端王覺得自己偷懶，補充道：「有些東西是算不出來的，能算到什麼要看天意……其實，準不準也要看天意。」

庾晚音哄走了端王，低調了幾日。

藏書閣還在修繕中，她無書可看，只能躲著練練字。夏侯澹有時會陪她一起練，但也不是每天。

為了方便監視謝永兒，他現在的戲份是「在白玫瑰庾貴妃和紅玫瑰謝永兒之間來回搖擺」，今天賜點首飾給妳，明天推她蕩個鞦韆。宮人都知道，暴君的春天來了，連脾氣都好了些許。

然而事實上，在私下共處時，庾晚音很久沒找回當初吃小火鍋的那種鬧哄哄的溫馨了。

端王找她打聽北舟，擺明了要逼她當間諜。

她越是拒絕，端王就會越忌憚夏侯澹。等他意識到庾晚音不可能為己所用時，就會痛下殺手，如同對胥堯那樣。

所以現在……她要當雙面間諜了？

她區區一個社畜，哪來的本事幹這個？而且，兩個夏侯，一邊是鐵惡人，另一邊她現在也摸不準了。

那天湖裡的刺客確實是端王派的，但他又不是真的開了天眼，到底是如何找去湖邊的？會是夏侯澹有意引他過去的嗎？

庾晚音倍感孤獨和心累。

夏侯澹明顯感覺到她的迴避，卻沒說過什麼。

這日他帶庾晚音進了御書房，將看守的侍衛換成了暗衛，這才低聲道：「那五個學子都順利入朝了，在各部混了幾個小官職。今天叫來兩人，開個小會。」

李雲錫等人或通吏治，或善財政，但個個出身低微，既找不到門蔭的路子，也通不過形同虛設的科舉。所以只能由夏侯澹出手，替他們改了姓名，假托一個身分，再送他們一筆錢，讓他們拿去納粟買官。

放在以前，學子們聽說要用這種方式當官，一定會嗤之以鼻，啐一口再走，但經歷了那場湖中事件，他們顯然成長了。

來的人是李雲錫和岑堇天。換了朝服，戴了官帽，瞧起來與當日布衣飄飄的樣子判若兩人，已經有社畜那味了。

夏侯澹迅速免了他們的禮，「愛卿請坐。」

庾晚音對小組會議很熟悉，自行在下首找了個位子坐，還擺好了筆墨，準備做筆記。

卻沒想到李雲錫抬起頭瞥見了她，難以置信地瞪大眼道：「貴妃娘娘也在？」

夏侯澹問：「怎麼？」

李雲錫的死腦筋又上來了，積極找死道：「微臣懇請娘娘迴避。」

夏侯澹：？

岑堇天看不下去了，扯了扯他的袖子。

李雲錫理也不理，「當日舟內娘娘旁聽，已屬僭越，今日竟入了御書房，後宮參政，成何體統！」

夏侯澹順手就將茶盞摔碎在他腳邊，「滾出去。」

李雲錫好像很期待這個彰顯傲骨的機會似的，眼含熱淚跪地磕頭道：「陛下，臣願死諫！」

夏侯澹：「……」

他堂堂戲霸今天居然遇上對手了。

庾晚音哭笑不得。

她看過原文，知道李雲錫就是這麼個狗脾氣，堅信天下就數自己最正義，理想是一頭撞死在大殿上芳名永存。

於是她慢條斯理地翻出手心，撫摸一下還未完全脫落的結痂，「剛才忘了問了，李大人那日落水之後，傷勢如何？而今已大好了嗎？」

李雲錫：「……」

庾晚音伸手替他倒茶，「李大人消消火氣，再諫不遲——哎呀，」她手一抖，將半壺茶水潑到桌上，一聲長嘆，「這隻手算是廢囉。」

李雲錫：「……」

庚晚音潑潑灑灑倒了半杯茶，起身親自遞到他面前，「李大人先喝著，那本宮就先迴避了。」

李雲錫：「……」

「晚音！」夏侯澹痛心疾首道：「妳為國為民，鞠躬盡瘁，朕全看在眼中，何必理會這忘恩負義的小人？」

庚晚音淒然一笑，「臣妾是女子，這家國之內，怕是沒有容身之處；大恩大義，也與臣妾無關吧。」

夏侯澹道：「妳坐，坐到朕身邊來，連這點道理都捋不明白的傢伙，想撞就讓他撞死吧。」

李雲錫整張臉脹成了豬肝色，半晌憋不出一個字。

庚晚音想著此人還有用，可別腦出血氣死了，正想說句好話把人哄起來。

「砰」的一聲，他結結實實磕了個響頭，「娘娘高義，微臣願以死謝罪！」

庚晚音：？

合著你就是想死唄？

最後大家還是端著茶坐下來開會。

庚晚音先提了最重要的問題：「岑大人，聽聞你……嗯，很擅長種田？」

按照原文描述，這個病懨懨的書生志趣不常，大概是因為早就知道自己活不久，並不把時間浪費在吟詩作賦上，也不喜歡慷慨論政。

他從少年開始周遊各地，不遊山不玩水，每到一處就扛著鋤頭下地務農——但庚晚音很懷疑他這單薄的身板，究竟要怎麼種田。

岑堇天忙道：「微臣不善耕作。這些年遍訪田間，是為了這個。」

他將一本厚厚的冊子呈給夏侯澹。

夏侯澹翻了翻，面現驚嘆：「愛卿這冊子記了多久？」

岑堇天道：「約莫十年。」

「戶部都沒做到的事，岑愛卿做到了，朕真是汗顏哪。」

庚晚音大致知道岑堇天的研究方法，簡單來說，就是在大夏各地留一小塊試驗田，種下各種主流作物，然後控制變數，依次研究土壤、氣候、種植時間、灌溉方式等因素對收成的影響。

十年之後的今天，他對各地應該種什麼、怎麼種，已經有了一套理論。

庚晚音看書的時候，根本沒把岑堇天這號人物放在心上，直到他抱憾而死的那部分才留下一點印象。

現在她捧著他的冊子，像捧著救命稻草，手都在抖，「岑大人，這其中的作物可包含燕黍？」

「燕黍？應該只有零星記錄。此物在大夏不太常見，多是當作餵牲畜的雜草……」

庾晚音急了：「那其他抗旱的作物呢？」

岑堇天的臉色微微一變，「娘娘為何問起這個？」

庾晚音看向夏侯澹。

夏侯澹一手撐著腦袋，揉了揉太陽穴，「欽天監算出來的，天象不祥，近兩年有大旱之兆。」

兩個臣子瞬間白了臉。

夏侯澹淡淡瞥了兩人一眼，「此事乃絕密。」

古來天降災禍，都是為了懲罰君主無道，通常伴隨著政局動盪甚至江山易主。此時君主本人卻親口將這災禍說了出來，彷彿在預言自己的死期似的。

庾晚音還要幫他補個設定，「陛下，欽天監算得準嗎？」

夏侯澹道：「許多年未出錯了。」

連李雲錫都不敢再諫什麼了，「臣絕不洩露一字。」

夏侯澹嗤笑一聲：「怕什麼，這不是還沒來嗎？現在開始準備對策，到時候就餓不死人。岑愛卿？」

岑堇天定定望了夏侯澹一眼，彷彿受到什麼激勵，微笑道：「臣回去就整理。燕黍雖然口感不佳，但一年兩到三熟，若廣為播種，旱時確實可以救命。」

庾晚音聽他語氣平靜，並不像是全無頭緒，心下稍安。

李雲錫卻又道：「大夏沒有燕黍，想從現在開始播種，得先採集種子。」

庚晚音道：「那就只能去燕國拿了？」

李雲錫眉頭一跳，「陛下，此時不宜起戰事！」

燕國不斷來犯，漸漸積弱的大夏應付起來其實很吃力。中軍好不容易退敵了一次，大家都指望著邊境能安生兩三年。

更何況，現在兵權幾乎全捏在端王手上，夏侯澹想調也調不動啊。

夏侯澹揮揮手道：「不需要打仗。」他知道庚晚音說「拿」的時候，腦子裡想的肯定是外交。

八成又要演一場大戲了。

但這事不需要跟這兩人商量，夏侯澹當下搪塞道：「種子的事先放一放。李愛卿，就假設我們已拿到了足夠多的種子，下一步呢？」

「下一步？」

「不能讓任何人知道旱災將至，到那時候，要用什麼理由說服百姓種燕黍？」

李雲錫說出了當初庚晚音說過的話：「或許可由朝廷購入……」

「國庫已空，朝廷沒錢了。」夏侯澹再度面無表情地甩出一個爆炸性新聞。

李雲錫：「……」

岑堇天默默回頭看了御書房緊閉的大門一眼。

他們今天說完事，還能活著走出去嗎？

這王朝還能撐幾年，夠他種田嗎？

李雲錫凝眉苦思起來，半晌沒說話。

庾晚音費了好大力氣尋來這幾個專家，眼見著專家都沒轍，不禁心涼，「李大人……」

李雲錫抬起頭，「開中法如何？」

夏侯澹：「……」

夏侯澹問：「開什麼？」

李雲錫最終花了兩個時辰，解釋細節和回答問題。

等他與岑堇天告退之後，夏侯澹整個人從座位上滑了下去，「我的頭……」

庾晚音神情有些沉寂，頓了幾秒才道：「很疼？」

夏侯澹半掛在座椅上，略帶期待地看了她一眼，「有點。」

庾晚音又頓了幾秒，默默坐到他身邊，伸手抵住他的太陽穴輕輕按揉。

夏侯澹閉上眼，臉色緩和了些許，嘴角微翹，「多謝愛妃。」

「都是臣妾分內的事。」

夏侯澹「噗哧」一笑。

庾晚音邊揉邊說：「我覺得這幾個臣子還挺可靠的，就按他們說的一步步去做，說不定真的能阻止旱災。」

「和端王。」

「和端王。」庾晚音附和。

夏侯澹睏倦地歪著頭閉著眼，低聲道：「我最近在想，既然已經有了胥堯那本書，眼下又有了幫手，咱們能不能逐一挫敗端王的行動？」

「不行，最多只能挫敗一次。」庾晚音將那段「開天眼」的笑話大致講了一遍，「端王已經盯著我了，但還不清楚我的能力高低，也不清楚我能不能為他所用。只要失敗一次，他就會澈底把我拉進黑名單。那之後，他所有的計畫都會再度改變，增加一堆障眼法，就為了防我。」

夏侯澹道：「所以，只能任由他幹他的。」

「問題不大，他目前的大部分計畫都是針對太后的。就先讓他們鬥著，我們藏起來猥瑣發育[6]。那一次挫敗的機會，得用在刀刃上。」

夏侯澹沒出聲。

庾晚音盯著桌上的筆記出神，隔了片刻才覺得過於安靜，低頭看去。

夏侯澹掀起眼簾，墨黑的眼瞳正靜靜對著她。

6　遊戲用語。己方裝備不如敵方時會產生一個共識，就是偏向防禦，去獵取野怪，從而獲得金幣購買裝備。現有不衝動硬拚、慢慢積蓄力量的意思。

庚晚音僵了一下，問：「怎麼了？」

「今天進展很大，妳卻好像不太高興？」

庚晚音強笑道：「沒有啊，要恭喜你，終於得到了左膀右臂，以後不是孤軍奮戰了。」

夏侯澹笑了笑，慢慢直起身，「晚音，妳覺得我們湖中會面的消息，是誰洩露給端王的？」

庚晚音心頭一跳，「我也一直沒想明白。」

「妳覺得是我，對嗎？」

庚晚音：「……」

夏侯澹了然道：「妳覺得我為了跟端王比誰心黑，不惜犧牲一個股肱之臣，乃至他原本可以造福的一方百姓。哦，對了，妳會不會覺得藏書閣的火也是我放的？畢竟從結果來看，胥堯被逼到絕境，果然交出了那本書。」

庚晚音震驚道：「這個絕對沒有。」

夏侯澹此刻的神情令她十分陌生。他的眼睛似乎變得特別黑，黑到失去一切反光，原本就濃墨重彩的眉眼，豔麗得像一張獰惡的畫皮。

「妳的心思都寫在臉上了，晚音。」

庚晚音背後的汗毛豎了起來。這個應激反應通常是端王專屬。

她想打個哈哈，問他「怎麼對著我也演起來了」，唇齒卻彷彿突然遭了冰封。

夏侯澹看了她許久，才輕聲道：「那妳有沒有想過，也許妳的這份懷疑，也是端王的目的呢？他不知道我們在湖中見的是什麼人，他想殺了他們，威懾我們。但當聽見妳悲憤的怒吼時，他突然意識到，那是挑撥我們的絕妙機會。」

庾晚音道：「什麼……」

「他故意撤走，使結果對我有利。因為他判斷，比起幾個草民，妳的效忠對他來說更為重要。當你發現我從杜杉之死獲益良多，妳還會心無芥蒂地與我合作嗎？」

庾晚音無言以對。

夏侯澹攤了攤手：「人可以證明自己做過一件事，卻證明不了自己沒做過一件事。我說我沒有洩露地點，妳信嗎？」

庾晚音知道自己現在應該怎麼做。

她應該擺出一副恍然大悟、痛改前非的表情，在夏侯澹面前大罵端王險惡，然後與他冰釋前嫌。

這一套她在端王面前演了幾次，已經很熟練了。

但她不想。

即使是對著這個明顯不正常的夏侯澹，她也不想。

或許是因為兩邊演戲的精神壓力終於累積到了臨界點，她幾乎無法控制衝出自己唇齒的語句：「不是因為杜杉——不僅僅是因為杜杉。」

夏侯瀇道：「嗯？」

庚晚音道：「那天在船上，我們與學子談了整整兩個時辰。今天在御書房，又是兩個時辰，而且主題是稅賦。你說了很多話，顯示出了豐富的學識，但你的經濟學知識少得幾乎跟我一樣可憐。」

夏侯瀇：「……」

「你是哪家公司的總裁？那家公司做什麼產品？什麼時候上市的？你穿來之前，股票市值如何？」

夏侯瀇：「……」

不能再問下去了，庚晚音心想。他會殺了你的。

但她分明聽見自己的聲音問出了口：「你到底是誰？」

在漫長的五秒鐘裡，有一個念頭在夏侯瀇心頭盤旋而過：乾脆全告訴她吧。

但他不能。

即使庚晚音別無選擇，只能與他合作，他也不能。

全盤相告，就意味著她那小小的、脆弱的信任與親近，從此將蕩然無存。

在讓她懷疑和讓她死心之間，他選擇懷疑。

頭疼已經劇烈到不可忍受的地步。夏侯瀇眼前泛起黑霧，他硬扯出一個頗為無賴的笑：「我不記得了。」

庾晚音轉身就走。

夏侯澹只記得聽見她開門離去的聲音，以及門外暗衛的詢問聲。再之後，就只剩下黑暗了。

第八章　他的眞實身分

「太子。」

張三聽見聲音，連忙回頭，規規矩矩道：「皇祖母。」

遠處被他指揮著幹活的宮人紛紛停下動作見禮。

威嚴的女人朝他身後望了望，「這是在做什麼？」

「回皇祖母的話，前些日子是花朝節，孫兒看見御花園裡的布置，便生出一個念頭，想為皇祖母也栽種些花苗。」

張三天天偷聽古人說話，現在發揮多少自然了些，「待到皇祖母壽辰時，這些花也該開了，正好為皇祖母獻壽。」

太后的表情緩和些許，「哀家看這花苗的排列分布，似有些講究。」

張三抿嘴笑道：「皇祖母明察，這是一幅雙龍戲珠圖，寓意吉祥。」

他許久都沒聽到回答。

張三有些惶恐地抬頭望去。

太后神色冰冷，「這大夏的江山，只需要一條真龍。」

張三：「……」

這話讓我怎麼回？

太后望著他不知所措的樣子，良久露出一個近似憐憫的眼神，「你母后早逝，皇帝已經另結新歡，很快就會冊封新的皇后，再之後就會有新的太子。這偌大的宮中，只有哀家疼你。」

張三心裡只有一個念頭：他今天必須在這裡把這太后哄高興了。因為那些花苗是他與同類相認的唯一希望。

他福至心靈般投誠道：「皇祖母誤會了，孫兒種的那兩條龍呀，一條是皇祖母，一條是孫兒。」

太后：「……」

張三緊張地等待著。

太后笑了，「這才是哀家的乖孫。你放心，宮中不會有新皇子誕生的。」

按照夏侯澹最近兩邊徘徊的規律，今夜應該輪到謝永兒侍寢。

謝永兒花枝招展地來到寢殿，卻被攔在大門外。

侍衛道：「陛下已經睡下了。」

這才幾點？

謝永兒心下疑惑，猜測是庾晚音在搞事，咬了咬牙，從袖中翻出一塊碎銀遞過去，

「這位大哥……」

侍衛的長劍「噌」地出鞘三寸。

謝永兒大吃一驚，連忙後退。

「哎呀，謝妃娘娘。」大太監安賢推門而出，笑咪咪道：「今兒不巧，陛下頭疼心煩，吩咐了誰也不見，娘娘請回吧。」

「安公公，說到這個，永兒倒是學過些推拿手勢呢。」謝永兒諂媚一笑，又去翻袖子，卻見安賢眼望著自己，皺著眉搖了搖頭。

她不由得定住了。

寢殿內。

北舟終於忍不住了，抹了些藥油到掌心，搓熱雙手，伸向床上雙目緊閉之人。

還沒觸到他的太陽穴，就被一隻冰冷的手鉗住腕間。

緊閉的雙眸倏然睜開，濃黑眼瞳裡翻湧著戾氣，在看清來人之後才痛苦地壓了回去，「別碰我，北叔。」

北舟心疼道：「你痛成這樣，讓叔揉揉，會好些的。」

夏侯澹只是緊緊抓著他的手腕。

北舟道：「唉，怎麼突然發病……」他入宮之後已經查過了所有角落，驗過夏侯澹的所有膳食，始終沒發現什麼毒藥。

夏侯澹勾了勾失去血色的嘴唇，「或許是腦中有瘤子吧。」

「瞎說，叔不是診過脈了嗎？沒有的。」

夏侯澹嘀咕道：「CT才行。」

「什麼？」

「沒什麼。叔，我想喝甜粥。」

北舟立即起身，「叔去幫你做。」

待他走遠之後，一道身影悄然靠近，跪伏在床榻邊。

夏侯澹眼望著床幔發了半晌呆，嘆了口氣，「去請白先生。」

謝永兒走出老遠，都不敢相信自己被趕了出來。

皇帝明明正癡迷於她，任她在後宮中呼風喚雨，剛清理了一撥眼中釘，怎麼一夜間情勢就變了？就連那百般逢迎的安賢，居然也敢對自己使臉色！

按照宮鬥劇情標配，此時天上開始下雨。

謝永兒沒帶傘，獨自走在淒風苦雨中，腦內播放起二胡配樂。

此時她必須弄清楚，皇帝寢宮那扇緊閉的大門後，是不是藏著一個千嬌百媚的庾晚音。

謝永兒繞到了貴妃殿外。

萬萬沒想到，庚晚音不僅在貴妃殿，而且就孤身坐在迴廊上，提著一盞宮燈仰頭看雨，濕淋淋的髮絲貼在頰上，明豔的臉蛋頓顯蒼白。

謝永兒：「……」

這種場景裡，妳比我還淒慘是怎麼回事？

謝永兒腳步一頓，正想戰術性撤退，庚晚音卻已經看了過來，驚訝道：「是永兒妹妹嗎？」

她將謝永兒喚到廊下躲雨，「妹妹今晚不是該去侍寢嗎，怎會在此？」

謝永兒低下頭，「陛下身體不適，已經歇下了。」

夏侯澹病了？庚晚音一愣。

下午在御書房裡，他的確說過頭疼。她走之後，更嚴重了嗎？

又或許……只是裝病吧。

自己對他的身分起疑了，所以他透過示弱來逃避問題。

庚晚音離開御書房就後悔了。拆穿他對自己有什麼好處呢？一直以來她努力忽略他身上的違和感，又何嘗不是在逃避呢——逃避這一刻舉目無親的惶惑與無措。

謝永兒觀察著庚晚音的神情。她沒想到庚貴妃是真的不知情。

這麼說來，皇帝確實病了？

謝永兒心念一轉，突然面露關切，「貴妃姐姐，妳去看看陛下吧。他方才很是難受，似乎說了一句想要找妳。」

方才那被侍衛驅逐的待遇，她可不願獨享。

庚晚音的反應有些出乎她的意料，臉上既無得色也無期待，反倒皺起了眉，像在經歷一番內心掙扎。

謝永兒唯恐她打退堂鼓，正待再慫恿兩句，庚晚音卻已經上鉤了，「既然如此，我去看看。」

謝永兒帶著快意目送她轉身離去。

庚晚音撐起紙傘走入雨中，忽然回過頭，「妹妹先在此稍歇，我讓小眉帶妳去換身乾淨衣服，等雨停了再將妳送回去。謝謝妳特地來告訴我此事。」

謝永兒笑得更明媚了些，緩緩道：「姐姐告誡我別喝避子湯，那份恩情，永兒一直記在心裡。」

庚晚音：「……」

不會是真心的吧？

如今看來，跟那兩個夏侯相比，謝永兒的段位低得甚至有點可愛了。

庚晚音生出一絲愧疚，黯然道：「想不到，還能盼來與妹妹交心的一日。」

謝永兒：「……」

不會是真心的吧？

難道她上次真的只是善意提醒？

從她一個古人的角度，確實預料不到有誰會存心拒絕龍種。所以自己那次中毒，純粹是自作自受？

可是……如果原文裡的心機女主角澈底不當惡人了，自己這些未雨綢繆的爭鬥，豈不就變成了單方面的迫害？

庾晚音已經朝皇帝寢殿走去。謝永兒迷茫地對著雨幕張了張嘴，但終究沒有發出聲音。

雷聲滾滾，一道閃電劃破天際，在侍衛的劍上映出慘白的光。

侍衛道：「娘娘請回吧，陛下誰也不見。」

庾晚音原本還在躊躇著不願面對夏侯澹，一見這陣勢，心中一慌，「陛下怎麼了？」

侍衛三緘其口。

庾晚音的宮燈早已被澆熄，那把紙傘擋不住四面八方潑來的大雨，整個人成了落湯雞，縮著身子瑟瑟發抖，「能否煩請大哥通報一聲，告訴北……北嬷嬷……」

「庾貴妃？」

庾晚音回頭。嬷嬷打扮的北舟正要進殿，手中端著一碗甜粥。

她連忙拉住他，小聲道：「北叔，讓我進去看看他吧。」

北舟暗含審視地看了她一眼，記起她那日在舟上那句氣壯山河的「幹他」，面色略微緩和，「跟著我。」

夏侯濬整個人縮進被窩裡，團成一個球。北舟喊了兩聲，掀開被子將他的腦袋露出來，「晚音來了。」

庾晚音被嚇到了。

夏侯濬長髮凌亂，面白如紙。他吃力地掃了庾晚音一眼，啞聲說：「謝謝叔，粥先放著吧。」

北舟識趣地走了。

庾晚音坐在床沿，小心翼翼道：「我餵你？」

夏侯濬做了個類似點頭的動作，緊接著就咬牙定住了，額上青筋突起，彷彿這點幅度的移動都帶來了劇痛。

庾晚音手足無措地扶住他，又不敢用力。過了一陣子，夏侯濬自己下定決心支起了身。庾晚音連忙拉過兩個軟枕墊在他身後。

她伸手想去端那碗粥，被夏侯濬攔住了。

夏侯濬做了個悠長的深呼吸，語氣低柔：「我們談談。」

「不急這一時，先好好休息……」

「妳猜得沒錯。」他打斷道：「我確實不是什麼總裁。」

夏侯澹道：「穿來之前，我是個不入流的演員，跑了很多年龍套都沒混出頭。」

庾晚音錯愕地看著他。

這倒是可以解釋他扮演暴君時的以假亂真。

「但只是這樣的話，你何必特地騙我？」

「不是故意騙你。當時妳自己猜我是總裁，我就順勢認下來了。」

「為什麼？」

夏侯澹笑了笑，雙唇毫無血色，「我這個人，運氣一向不佳，所以一穿進來，第一個反應就是要死在這個鬼地方了。然後妳出現了，像天降救星一樣，手握劇本，志在必得，一來就熱火朝天地計畫著絕地翻盤……看著妳的時候，我才覺得我還有希望。」

他閉了閉眼，喉結困難地滾動了一下：「我害怕失去妳。一旦發現我是這樣無能的失敗者，妳就會離我而去吧。妳一走，我就完了。」

庾晚音不知所措地沉默了一下，「……跟我想像中不太一樣。」

「嗯？」

「我還以為，你會背負著什麼深沉的祕密。」

夏侯澹沒有讓自己停頓半秒，輕柔地笑了，「看來這破演技終究還是有點用。」他嘆了口氣，坦然地看著她，「但妳現在知道了，我沒什麼勝算。端王就算是紙片人，手腕也勝過我百倍。所以那句承諾依然有效：如果妳選擇離開，我完全理解，不會阻攔。」

他歪在枕上，眼神像一隻無害的大狗。

這是在以退為進吧，庾晚音想，是為了讓我感受良心的譴責吧，但不知為何，她心裡一點也不抵觸，甚至連呼吸都輕鬆起來。

「就算你不裝可憐，我也不會走的。」她拍了拍夏侯澹的手，「快點好起來，我們下一步計畫還需要你的演技呢。」

夏侯澹默默看著她。

她坐在那裡，眼珠子緩慢打轉，像一隻醞釀著狩獵的小動物。

庾晚音想得出神，突然鼻頭一癢，打了個噴嚏。

夏侯澹摸了下她的袖口，「全淋濕了？」

「不打緊……」

夏侯澹抓起手邊的搖鈴喚來宮人，「帶貴妃去洗澡。」

庾晚音泡了個熱水澡，心中陰霾盡散，只覺得好長時間沒有如此愜意平靜了。

她烤乾頭髮，想去跟夏侯澹打聲招呼就走，夏侯澹卻自然而然道：「下著雨呢，別折騰了，睡吧。」

庾晚音猶豫了一下，欣然躺到他身邊。被窩裡暖洋洋的，窗外的雷雨聲令人昏昏欲睡。

「還疼得厲害嗎？幫你揉揉？」

「嗯。」

夏侯澹閉目躺著，感覺到她貼近過來。小動物毫無防備，只想互相取暖。

夏侯澹稱病輟了兩天朝，第三天面色如常地坐到龍椅上，懶洋洋道：「太后想建陵寢好多年了，如今她生辰將近，朕想聊表孝心。戶部，稅收夠嗎？」

戶部尚書愣了，「臣立刻去核驗。」

夏侯澹先前當庭殺了個戶部尚書，現在任上這位是那傢伙的弟弟。堂堂尚書換了個人，沒有引起任何波瀾，連手下政務都一切照舊，彷彿無事發生。

這就是大夏的朝堂。

十幾年來，朝中兩黨相爭，權力傾軋，拱起了無數不做實事的冗官。官來得快，去得更快，早上擬旨，下午上任，晚上興許就入棺了。

在這種環境裡，所有人腦子裡都是苟且偷生，或者趁著在任多撈些油水。無數政策令而不行，幹實事的早就被搞死了。

戶部尚書焦慮了。

別的聖旨，他或許還能陽奉陰違唬弄過去，但太后陵寢卻是萬萬不能唬弄的。他是太后提上來的人，新官上任，這正是立功的大好機會。

但有一個現實的問題：國庫是真的沒錢了。

陵寢這麼大的工程，讓他從哪裡變錢？

戶部尚書想到了唯一解：繼續搜刮民脂民膏。

翌日早朝，夏侯澹又懶洋洋道：「戶部提出今年繼續增稅，眾愛卿怎麼看啊？」

眾臣哪敢說什麼。皇帝腦子一抽要彰顯仁孝，哪怕每個人都知道百姓已經被榨得連渣都不剩了，再增稅怕是要造反了，也沒人敢站出來反對。

夏侯澹揮揮手，「那就這麼辦吧。」

增稅的消息不知為何不脛而走，幾日內就傳遍了都城。百姓怨聲載道，但橫豎傳不進皇帝耳中。

這天夏侯澹出宮去探望一個抱病的老臣，出發之前，叫來驅車的侍衛耳提面命了一番。

回宮路上，馬車忽然急停。

夏侯澹穩穩坐在車中，聽見外頭侍衛怒道：「何人敢攔聖駕！」

這一聲喊得聲若洪鐘，半條街外的百姓都張望了過來。

夏侯澹知道演員已就位，慢悠悠地撩開車簾走了下去，問道：「何事？」

遠處跪了個衣衫襤褸的百姓，一見他下車，立即殺豬般地開嗓號道：「聖人啊！蒼天啊！求您開開眼啊！草民的鄉親父老，每家每戶，無一不是一年到頭起早貪黑地耕織，存留的糧米卻只夠果腹。草民一對弟妹，出生不久趕上歉年，被父母含淚活活餓死……」

混在人群中的李雲錫：？

這段慷慨陳詞怎麼聽起來有點耳熟？

那演員直接把李雲錫當日在舟中的整段臺詞複讀了一遍，末了哭號道：「草民一家是活不下去了，若是再增稅，唯有割去腦袋，以這一碗熱血供養聖人了！」

「哐哐哐」磕頭。

李雲錫：「……」

周圍的百姓個個聽得熱淚盈眶，加入了哭喊的隊伍，遠處還不斷有人趕來，將夏侯澹回宮的路堵得水泄不通。

夏侯澹狼狽不堪，一雙拳頭攥得哢哢作響，忽然摑了侍衛一巴掌，嘶聲道：「廢物！快把戶部尚書捉過來！」

戶部尚書在全城百姓的圍觀下跪到夏侯澹面前。

夏侯澹問：「為何要增稅？」

戶部尚書：「……」

那不是你自己批的奏摺嗎？

戶部尚書哆哆嗦嗦地將奏摺內容複述了一遍，幸而有些腦子，不敢提皇帝盡孝的事，只說是自己的意思。

夏侯澹理直氣壯道：「所以增稅是為了造陵寢？那國庫裡原本用來修皇陵的稅收呢？」

戶部尚書噤若寒蟬。

夏侯澹道：「帶朕去看，今日必須給……給百姓一個交代！」

片刻之後，戶部尚書冷汗淋漓，哆嗦著手打開錢庫的大門。

夏侯澹直直立在門口，僵硬良久，突然間仰天大笑，癲狂道：「錢呢？朕的錢呢？」

周圍宮人呼啦啦跪了一地。

夏侯澹目露凶光，左右一看，劈手奪過侍衛的劍，朝著戶部尚書大步走去。

戶部尚書當場尿了一灘，「陛下！」

「陛下——」安賢邁著小碎步跑來，「右軍章將軍急奏，說是……」

他湊到夏侯澹耳邊，夏侯澹卻不耐煩道：「大聲講。」

安賢道：「說是軍餉發霉了。」

夏侯澹扔了劍，接過他手中的奏摺，展開掃了兩眼，將它一把摔在戶部尚書臉上，

「他們威脅朕，說是今年的軍餉再不加量，恐怕軍馬將無餘力護衛邊疆。」

所有人都知道，那幾個將軍都是端王黨，在這個節骨眼上來找皇帝施壓，自然是因為聽說了戶部要加稅，要求分一杯羹。

夏侯澹踉蹌一步，「好，好啊。所有人都來找朕要錢，國庫卻是空的。這江山差不多也該改姓了！」

戶部尚書終於尿完了，整個人很平靜，「臣該死。」

夏侯澹卻沒再去撿劍，喘息片刻，疲憊道：「此事朕要找母后商議。」

另一邊，太后也聽說了今日的鬧劇。

她多少有些心驚，「國庫這樣空下去，確實不是辦法。」

沒帶過兵的人，終究還是怕那些兵痞子的。一邊忌憚著他們，一邊卻又依賴著他們的保護。

「那些武人想法簡單，為今之計，還得先餵飽他們。」太后扶了扶鑲金嵌玉的簪子，笑道：「讓戶部想想法子，撥些補給過去吧。」

心腹道：「那陵寢的事……」

太后望著自己紅豔豔的指甲，「難得皇帝有孝心，陵寢自然也是要建的。」

御花園裡，張三那個所謂「雙龍戲珠」形狀的花陣已經種好了，不日便會開花。

揮退宮人之後，自己提起鏟子，往那「珠」的下方泥土裡埋了一個盒子。

他在盒子裡藏了張紙條：「如果你是同類，留言給我，我想與你見面。」

——用的是現在的橫書文字，從左往右書寫的。只要是穿越者，看一眼就會明白。

花期未至，張三已經開始每天找由頭去附近徘徊了。

當然，泥土始終沒有被翻弄的痕跡。

夏侯澹回頭對庾晚音複述了那場大戲，庾晚音笑得前仰後合，「你也太會演了吧！」

夏侯澹道：「畢竟只剩這個優點了。」

庾晚音道：「挺好的，特別管用。這樣一來，爾嵐他們也該出場了，戶部推行開中法是遲早的事。」

「但種子問題還是沒解決……」

「是時候研究一下燕國的事情了。」庾晚音深思熟慮道：「我先去藏書閣做點功課。」

藏書閣已經重建完畢，還收集了一批新書替換被燒毀的藏品。

庚晚音在裡面泡了一天，找出幾本與燕國有關的通志，與宮人說了幾句好話，想將書抱回去慢慢看。

在二樓經過自己原本的位子時，她不經意地朝窗外看了一眼，突然間定在原地。

御花園裡面新開了一批花。

站在二樓俯瞰，花叢之中，一個巨大的「SOS」形狀赫然在目。

庚晚音的雞皮疙瘩起來了，轉頭問宮人：「那些花是什麼時候栽種的？」

宮人道：「奴婢不知。」

庚晚音再也顧不上借書，下樓跑到那片花叢前。

「SOS」的形狀是由一株株鐵線蓮拚成的，花色粉紫，與周圍其他花草截然不同。

會是自己想的那樣嗎？這真的是穿越者種下的嗎？

《穿書之惡魔寵妃》裡絕對沒有這情節。

難道又是一個意外穿來的新同伴？如果這「SOS」是一句留言，周圍應該還會有別的線索才對。

庚晚音四下打量一圈，先把附近的樹洞搜尋一遍，一無所獲。她還不死心，又彎下身查看花叢下的泥土。

身後突然傳來腳步聲。

庚晚音有所預感般回頭，那個沉悶的小太子正靜靜望著自己。

四目相對了幾秒鐘，小太子見禮道：「貴妃娘娘。」

「……太子殿下，你在這裡做什麼？」

小太子望著她，眼中似是戒備，又似是茫然，「只是無意間路過。」

庚晚音朝他靠近兩步，心中浮現出一個不可思議的猜想。

她抿了抿嘴唇，試探道：「我家門前有兩棵樹，你知道是什麼樹嗎？」

小太子毫無反應地望著她。

庚晚音又走近一步，「其中一棵是棗樹，另一棵是什麼？」

小太子緩緩蹙起眉，「貴妃娘娘？」

遠處，一個小太監匆匆奔來，朝庚晚音一禮，又對小太子道：「殿下，太后在等你呢。」

庚晚音失望地看著他們離去。

「殿下，請速速隨奴婢來。」小太監驚慌失措地壓著嗓子，「太后不太好了。」

張三夢遊似的被推進了太后寢殿。

有那麼片刻，他沒有認出床上那個半臉歪斜、雙目暴突的女人。

她中風了，一夜之間老了二十歲，垂下去的嘴角口涎橫流，對他顫抖著伸出一隻手。

張三握住太后的手。

她的五指像鷹爪般緊緊扣著他，像是要抓住一縷執念一般，眼神中的不甘幾乎要化為凶煞將他吞噬。

殿外傳來唱名聲：「皇上駕到——」

張三頓了頓，回過頭去。

一抹高大的身影走到床前，跪地叫了一聲「母后」。不等太后回應，他抬起頭，對著張三冷淡地笑了笑，「澹兒。」

張三沒有回應。

床上的太后死死瞪著皇帝。皇帝卻顯得游刃有餘，貼心地為她抹去口水，微笑道：「母后好生養病，不日便能康復的。」

張三默默地立在原地，嗅著空氣中冰冷的、帶著鐵銹味的、權力交替的氣息，腦中突然間傳來一陣銳痛。他沒有聲張，默默地忍耐著。

那是他生命中第一次頭痛發作。

太后的病情惡化得很快，一個月後就薨了。

而皇帝也如願以償地封了新的皇后。

繼后年輕美豔，通身珠光寶氣，染了蔻丹的指甲輕輕掐了掐張三的臉，「澹兒，以後本宮就是你的母親。」

張三不動聲色地偏了偏頭，避開她的手，溫順道：「母后。」

他已經在這宮中待了很長的時間，長到足以弄清許多事情。

比如，眼前這位繼后在上位之前，已經被太后下了毒，終生無法受孕。

比如，太后的中風與死亡，這位繼后大抵脫不開干係。

又比如，繼后當然恨他。另一方面，她又需要馴服他。等到熬死了皇帝，她就是呂武。

他不是真正的幼童。但作為一個普通的國中生，他的心術或許還比不上宮裡長大的幼童。

以前是太后掌控他，現在是繼后掌控他。他鬥不過任何一個。

可是那個妃子，那個理應是全文主角的惡魔寵妃，他唯一的同類，究竟在哪呢？

張三試過把繼后帶去那一片「SOS」花叢附近，觀察她的反應。但繼后的目光毫無波瀾地穿過了花叢。

她正忙著扶植自己的外戚，要牢牢把持前朝與後宮。

張三知道，自己作為未來皇帝的勢力正被一步步地蠶食。但他無能為力——他在書中的生母早已離世，而皇帝對他並沒有額外的垂憐。

他的頭疼越來越頻繁了。

那個人在哪呢？什麼時候出現呢？

他還能等到她嗎？

晚上，庾晚音興沖沖地找到夏侯澹，說了花叢的事。

夏侯澹頓了頓，道：「會不會是謝永兒種的？」

「我一開始也這樣猜。」庾晚音道：「但謝永兒的一言一行都寫在書裡，她肯定沒幹過這事。而且，她一直覺得自己是唯一穿越者，不會想著尋找同類的。我覺得這應該是另外的人，像我們一樣，意外穿進來的。」

夏侯澹道：「但我們在這裡待了這麼久，如果有奇怪的人，早就該發現了。」

「也許那個人在竭力隱藏自己？他，或者她，不知道該信任誰，只好用這種方式求救……不行，我得去查查那片花叢是誰種的。」

夏侯澹不以為意地笑了笑，「大概是巧合。妳覺得是SOS，人家種的說不定只是雙龍戲珠。」

「我知道。但萬一呢？萬一還有人等著我們相救呢？一個人在這個世界，該多害怕啊。」

夏侯澹靜靜地望著她。

庾晚音笑道：「別這樣，發揮一下想像力嘛，湊齊三個人就能打牌啦。你說那個人是男是女？會喜歡吃小火鍋嗎？」

繼后受封一年後，張三也到了要去尚書房念書的年紀。

這個世界的尚書房通常是所有皇子一同聽課的。但張三入學之後，卻發現前後左右空蕩蕩的，偌大的書房裡只有他一個人坐在中央，所有夫子滑稽地圍著他打轉。

他知道這是繼后的意思，那野心勃勃的女人正在從根源上孤立太子。

張三不信命。

哪怕沒什麼實際本事，他心裡還藏著現代人的優越感，不願就此輕易屈服。他要盡己所能改善處境，直到找到那個同伴。

張三乖乖上了幾天學，待到帝后來檢查課業，才靦腆道：「兒臣日日孤坐，實在寂寞無趣。求父皇、母后開恩，哪怕多一個伴也是好的呀。」

他想試著交朋友，培養自己的勢力。

皇帝看了繼后一眼。繼后摸了摸張三的頭，微笑道：「那便讓泊兒來陪你吧。」

夏侯泊長他幾歲，雖是出身卑賤的庶子，卻生得俊秀文雅，芝蘭玉樹。唯有在朝他見禮的時候，眼中冰冷的厭惡幾乎藏不住。

夫子讓夏侯泊與太子對坐。

冗長的講經聲中，張三的眼簾越來越沉，正昏昏欲睡，耳邊忽然落下「啪」的一聲脆響。

他彷彿回到了國中數學課上，驚恐地抬起腦袋。

「啪」，又是一聲。夫子的戒尺高高揚起，重重抽在夏侯泊的手心，「不得走神！」

夏侯泊沒有走神。

夫子只是讓他替太子受過罷了。

講經聲再次響起，夏侯泊蜷起紅腫的手，死死盯著張三，薄唇抿成一條縫。

下課之後，張三立即去問跟隨自己的那個小太監：「安賢，夏侯泊是怎麼回事？別想著瞞我，我總能查出來的。」

安賢戰戰兢兢、語焉不詳，但他大抵聽懂了：在漫長的宮鬥歷史中，自己已故的母后害死了夏侯泊的母親。

然而，當事人都已死去，這深宮之內，假戲真做，虛實莫辨，又有誰說得清楚呢？

張三唯一可以確知的是：夏侯泊恨他。

而繼后非常樂於加深這份恨意。

從那天開始，所有夫子對夏侯泊的懲戒一次比一次加重。很快，他們不再滿足於戒尺，尚書房裡出現了柳條。

就連太監、宮人，都在膳食茶水上爭相發揮創意，變出了許多折辱人的戲法。每當夏侯泊面無表情地咽下污水，他們總會喜滋滋地望向張三，彷彿在期待他賞賜似的。

據說，繼后是這麼囑咐他們的：「太子若是頭痛發作，旁邊必須有人比他更痛。」

張三軟語相求了數次，但這時皇帝已經漸漸不管事了，一切交由繼后做主。

繼后沒有開恩調走夏侯泊，卻調來了更多庶出不得寵的皇子。

可想而知，每個同窗都成了「繼后哄太子高興」的道具。在所有人眼中，張三與繼后牢牢綁定，情同親生母子。

張三有時會想，孤立太子有許多種方式，繼后選擇了最激進的一種，或許是因為當年墮胎之後，早就恨上了所有皇子吧。

那女人當時還沒料到，這五毒俱全的尚書房裡，最終會養出一隻超越自己的蠱。

夏侯泊身上的血痕瘀青一天比一天多，望向張三的目光卻一天比一天收斂。現在他的臉上已經徹底沒有仇恨的影子了，眉眼溫文爾雅，微笑謙恭有禮。他是那麼討人喜歡，所有被虐待的皇子都團結到他的身周。

張三不信命。

他試過在夫子訓誡同窗時挺身而出，據理力爭。老邁的夫子一臉惶恐地對他行禮，請他息怒，隔日卻變本加厲地抽人。他的抗議成了拙劣的做戲，在眾皇子嘲諷的注視下唱著紅臉。

他試過自己帶飯給所有同窗，以圖緩和關係。他親自挑選了豐盛的膳食與點心，親眼望著宮人裝入食盒，帶進尚書房。然而同窗們打開食盒，入目的卻是糟糠。

有暴躁的皇子忍無可忍，當場摔碎了食盒，「太子殿下真是深情厚誼啊！」

「三弟。」夏侯泊一拍那皇子的肩，示意他冷靜，隨即彬彬有禮道：「多謝太子賞賜。」

張三道：「我沒有——這不是——來人！」

端食盒的小太監跪在地上哭得肝腸寸斷。張三怒罵他時，眾皇子又露出了觀看自導自演戲碼的嘲弄目光。

張三百口莫辯，腦袋疼得像要裂開，一腳踹翻那太監，「到底是誰指使的你，說啊！」

「殿下饒命，殿下饒命……」

夏侯泊恰在此時溫聲道：「這閹人罪不至死，還請殿下寬仁。」說著積極地把糟糠吃了。

了。

張三站在原地，只覺得渾身發冷。

剛才短短一瞬間，他捕捉到小太監與夏侯泊交換的眼神。

在他過家家一般琢磨著「緩和關係」的時候，夏侯泊已經學會栽贓陷害、收買人心了。

他還試過連續半月稱病不出，索性不去尚書房。

這時候，對他不聞不問的繼后卻又出現了，一臉關切地坐在他床邊，「澹兒，陛下聽說你不僅懶於讀書，還想盡辦法折辱同窗，正在發怒呢，你快去給他磕頭認錯吧。」

張三氣得肝疼，實在維持不住那張乖覺懵懂的面具了，瞪著她冷冷道：「折辱他們的究竟是誰，相信母后比兒臣清楚。」

繼后訝然道：「是誰？說出來，母后為你做主。」

張三：「……」

張三寫了一封長信，親手塞到皇帝手裡。

他用上了全部智商，先是吹捧一番父皇仁厚，又述說了一番自己與兄弟們的遭遇，閉口不稱委屈，只說自己為父皇憂心，怕他被奸人蒙蔽。

他沒有等來皇帝的回音，出現在他面前的依舊是似笑非笑的繼后，「太子啊太子，本宮將你視若己出，未想到你對本宮誤解甚深，實在叫人寒心哪。」

張三道：「父皇他——」

繼后嗤笑道：「你以為如今的前朝後宮，還由你父皇做主嗎？告訴你也無妨，我這一生恨過許多人，但最恨的非他莫屬。」

張三的心臟停了一拍。

這女人連這話都說了，自己是要被滅口了嗎？

繼后長長的指甲劃過他的臉，一個用力，刺出一滴血珠，「你若不願與本宮母子同心，自有別的皇子願意。」

那一刻，張三初次明白了一件事。

這個故事裡，他是誰，他是怎樣的人，並沒有那麼重要。

張三「撲通」一聲跪倒在繼后面前，磕頭道：「是兒臣不孝，兒臣願面壁思過。」

在他面壁思過的日子裡，御花園那片擺成「SOS」形的鐵線蓮又到了花期。

張三一次次跑去觀察泥土，一次次失望而歸。直到某一日，他突然遠遠地停下腳步——花叢下的泥土有了被翻弄過的痕跡。

張三連鏟子都顧不上拿了，跪在地上徒手刨土，刨出了埋在深處的那個盒子。

他用髒汙的指甲撬開盒子。自己留在裡面的紙條消失了，取而代之的是一片形狀奇異的葉子。

此後數日，張三一棵樹一棵樹地找過去，終於在深宮某個角落發現同樣的葉子。

他又一寸寸地摸過樹幹，最後摸到一個細細的刻字：丑。

深夜丑時，張三繞過熟睡的宮人溜了出來，獨自走向那棵樹。

一個瘦弱的小宮女正提燈站在樹下，蒼白著臉望著他。

張三連呼吸都屏住了。

他小跑到她面前，問：「……妳拿到了我的紙條嗎？」

小宮女手一抖丟掉了宮燈，猛然跪地道：「殿下饒命，奴婢不知那是殿下之物！」

張三看著她的反應，心漸漸地涼了。

他猶不死心，試探著對她說：「Hello？」

小宮女茫然而恐懼。

張三渾身血液冷卻，「妳如果沒有認出那片花叢，又怎麼會想到去挖土？」

「奴婢……奴婢在那附近的偏殿裡服侍，時常從遠處看見一道人影徘徊，又見那花叢形狀奇異，心生好奇，就挖了挖……」

小宮女帶了哭腔：「那紙條上的字形狀詭異，句意不通，奴婢以為……以為是哪個不太識字的侍衛……奴婢該死！」

張三嘶啞地笑了一聲。

「別演了，妳是怕我害妳嗎？相信我啊，我們是同類啊。」

小宮女茫然而恐懼。

「我——我在這個世界只有妳了。」張三朝她一步步走近，她卻步步後退。

張三站定了，「妳真的不是？」

「不是……什麼？」

張三突然溫柔地笑了，他伸手輕輕摸了摸她的臉，「沒什麼。這下妳知道我的祕密啦。」

小宮女茫然而嬌羞。

張三的手緩緩下移到她纖弱的脖頸。

日出之前，他將她沉入池中。

那是他殺的第一個人。

庚晚音找信得過的宮人打聽了一圈，沒人知道那叢鐵線蓮是誰種的。

「他們說，近年沒人動過那一塊花圃。」庚晚音失望道。

夏侯澹聳聳肩說：「妳看，我就說吧，是妳想多了。」

「但從上往下看，就是個鬼斧神工的『SOS』……」

夏侯澹道：「這就有一個新問題了。這花才剛到花期，還會開很久呢。哪天謝永兒路過，跟妳一樣把雙龍戲珠看成『ＳＯＳ』，妳猜她會怎麼想？」

庾晚音恍然大悟地捂住嘴：「她也會懷疑身邊有同類。」

「然後，保不齊哪天她靈光一閃，就會懷疑上我們。」夏侯澹循循善誘。

庾晚音果然焦慮了，「那片花叢不能留了，能想個由頭拔掉嗎？」

「笑話，朕想翻新御花園，哪還需要由頭。」

當天下午，在確認謝永兒沒出門之後，夏侯澹命人翻新了花叢。

鐵線蓮被一株株連根拔起，夏侯澹坐在亭中遠遠地望著，目光無悲無喜。

他轉頭，身旁的庾晚音倒是一臉悶悶不樂。

夏侯澹失笑道：「怎麼了？」

庾晚音有點不好意思，「你就當我異想天開吧，我還在想萬一有個同類，千辛萬苦種了花求救，結果非但沒等到回應，連花都被拔了……不然我們在原地埋張紙條什麼的？」

夏侯澹：「……」

夏侯澹溫柔地看著她，「有被謝永兒發現的風險。」

「好吧。」庾晚音放棄了。

第九章　妳永遠都不需要改變

戶部尚書接了太后扔過來的爛攤子，急得連夜長出一嘴皰疹。

又要給三軍送糧餉，又要替太后造陵寢，還要往國庫裡變出點錢來應付那瘋皇帝——同時還不能增稅。

戶部尚書覺得自己的好日子快到頭了。

他在府中對下屬發著脾氣，卻不知府邸後門外的街角處，兩個新入職的小主事也正在小聲爭吵。

李雲錫怒道：「既然是我想出來的法子，自然應該由我去提。」

爾嵐依舊女扮男裝，一臉平靜，「李兄打算怎麼提？拿出你的文人風骨，罵他個狗血淋頭嗎？」

李雲錫冷笑著瞥了她手中精巧的禮盒一眼，「那麼爾兄又待如何說服尚書大人？以進言之名，行賄賂之實嗎？」

他看不慣爾嵐。

這書生長得眉清目秀，貌如好女，說起話來不疾不徐，令人如沐春風。

李雲錫這種直腸子，見此人乍入官場就適應良好，堪稱如魚得水，心裡存了鄙夷。

爾嵐淡然道：「陛下重托之事，只要能辦成，手段並不重要。李兄難道忘了你我的官職是如何討來的？這禮盒送進去，陛下會介意嗎？」

拿皇帝來壓我？李雲錫根本不吃這套，「他若不介意，就是他為君者的錯處！」

爾嵐：「……」

爾嵐對他笑了笑，「也對。」

李雲錫道：「所以……」

話音未落，只見爾嵐猛地轉身，拔腿衝向府邸後門。

李雲錫這輩子專注唇槍舌劍，從來沒遇上過這等「說不過就跑」的無恥行徑，一時竟然愣在原地，眼睜睜看著她將禮盒和一封信箋一起遞了進去。

片刻之後，有侍從出來迎客。

爾嵐一腳踏入門裡，回頭看了七竅生煙的李雲錫一眼，笑著做了個口型：等我消息。

戶部尚書正坐在堂上讀著她那封信箋，禮盒則已不見蹤影。

戶部尚書讚不絕口：「良策，確實是良策。」

信中所寫的，正是李雲錫計畫的開中法：由朝廷出面招募商人，輸納軍馬糧餉。朝廷支付給商人的不是錢財，而是鹽引。憑藉鹽引，商人日後可以分銷官鹽，從市易中獲利。

如此一來，朝廷不必透支國庫，就能借商人之手承擔成本，支援三軍。

爾嵐笑道：「能為大人分憂，下官三生有幸。」

戶部尚書又研究一下細節，遲疑道：「只是鹽政改革事關重大，太后那邊……」

「大人，看陛下的意思，整改已是勢在必行。咱們自己不提，也會有別人上奏。」爾嵐朝他湊近了些，諂媚道：「日後鹽引給誰、不給誰，還需從長計議呢。」

戶部尚書當然懂她的暗示：個中油水肥厚。鹽引在手，商人爭相來搶，最終會演變成又一門生意，端看如何操作了。

爾嵐眨眨眼道：「以太后的慧眼，定能識出大人這顆明珠。」

戶部尚書哈哈大笑，拍著她的肩道：「後生可畏啊。」

幾日後，戶部上奏，奏章呈了厚厚一遝，請求頒布開中法。

夏侯澹跳過大段的馬屁和解釋，直接翻到最後一頁。

在爾嵐的建議下，戶部尚書列出了建議運輸的糧食清單。若干種主流作物裡，默默地夾了一個燕黍——理由是不易腐爛，便於存儲，又可以餵軍馬。

這改革由太后黨提出，又因為對三軍將士有利，所以端王也不會過多阻撓。

正因如此，這本奏摺經過無數輪修改，那不起眼的「燕黍」二字卻奇跡般地保留到了最後，原封不動地送到夏侯澹手中。

夏侯澹龍飛鳳舞地批了個「准」字。

至此，開中法正式施行。

各地倉廩開始照著清單收繳糧食，再由聞風而來的商人運向邊境。

氣候乾燥之地，百姓聽說那乾巴巴雜草般的燕黍居然也能充當捐稅，笑了幾聲「為官的怕不是傻子」，便去野地裡找尋起來。行動力強的甚至已經種下了，施起了肥。

不僅如此，商人為了省下運糧的成本，很快開始雇人直接去邊境開荒，專門種清單上的作物。而靠近燕國的西北處環境惡劣，只有燕黍能成活，最終發展出了第一片燕黍田。

大家都很滿意：軍隊得到了糧食，太后得到了陵寢。

此時此刻，世上只有幾個人，在為那笑話般的燕黍田熱淚盈眶。

雖然他們找到的種子還遠遠不夠，但至少在大夏的土地裡，已經埋下了最初的希望。

隔日，這君臣幾人聚集在某處隱蔽的私宅，不敢大肆慶祝，只能舉杯致意。

私宅是給岑堇天用的，在後院開了一片小小的試驗田，種了幾樣抗旱的作物，目前長勢喜人。

庾晚音心中一塊巨石落地，一不小心喝多了一點，站在田邊哼起小曲兒：「哎——開心的鑼——鼓，敲出年年的喜慶——」

恰好站在旁邊的汪昭：「……」

汪昭是幾個臣子中最沉穩的一個，鬍子一把，像個小老頭。

他捋著鬍鬚想了半天，最終困難地憋出一句：「……娘娘唱出了民生多艱。」

田地另一邊，李雲錫與楊鐸捷這兩個刺兒頭湊在一起低聲交談。

李雲錫臉色鐵青。

因為立了大功的戶部尚書春風得意，順手提拔了爾嵐。

爾嵐當時神情一動，看了李雲錫一眼，但最終什麼也沒說。事後才對他解釋：本想為他美言幾句，但在太后黨面前，不敢抱團太明顯，怕引起懷疑。

李雲錫道：「說得好像我稀罕似的。」

楊鐸捷不平道：「那他不就是搶了你的功……」

「李兄，」爾嵐面色如常地走向他們，「可否借一步說話？」

「不必了。」李雲錫早已看穿了這人的汲汲營營，不齒道：「爾兄不必多費口舌，人各有志，升官發財對李某來說有如浮雲。」

爾嵐微笑道：「咱們在太后手下做到多大的官，確實都是浮雲。這江山畢竟是陛下的江山，日後陛下論功行賞時，自然會記得李兄的功勞。」

李雲錫氣到窒息，「無論是在太后面前還是陛下面前，我都志不在此！」

這一聲說得響亮，對面的夏侯澹看了過來。

爾嵐也不耐煩了，「是啊是啊，李兄志存高遠，恨不得今日入朝明日撞死。兄弟我卻還盼著李兄多活幾日，再出幾篇策論供我上位呢。」

李雲錫：「……」

李雲錫道：「你真的這麼想？」

爾嵐翻著白眼走開了。

李雲錫轉頭看楊鐸捷，「他……他……他……成何體統！」

「陛下、娘娘。」

微風和煦，岑堇天抓著一把作物走來，攤開手給他們看，「目前看來，確實是燕黍最耐旱，長勢也最好。不過要到秋收時才能看出收成了。」

庾晚音道：「岑大人能不能像之前那樣，測出燕黍最適合什麼土壤、如何灌溉施肥之類的？」

岑堇天想了想，「臣自當盡力，但兼權尚計，或需兩三年。」

說到時間，幾個人有些沉寂。

庾晚音猜不到旱災何時來，岑堇天則不知道自己能不能活到那時。

庾晚音看著他年輕而憔悴的臉，突然心生愧疚，「岑大人保重身體。」

岑堇天笑道：「臣會努力活得久一點。」

「不，真的，保重身體。為了提高一點收成，岑大人已經隱姓埋名、背井離鄉，你的雙親家人……」

夏侯澹插言道：「餘生如此，值得嗎？」

庾晚音用手肘捅了他一下。太直白了。

岑堇天卻笑著擺擺手，「臣以為預知死期，是件幸事。臣少年時便反覆思量，這一生要做些什麼才不算虛度。雙親自有兄弟孝敬，故鄉自會在死後榮歸。他日臣離去時，唯願埋骨之處，有五穀豐登。」

回宮的馬車上，庚晚音的情緒明顯低落了下去。

自從穿來之後，她覺得自己每天都在迅速成長，早已不是最初那個無頭蒼蠅般亂撞的小白了。

但總有些人的存在提醒著她：妳的境界還差得遠呢。

夏侯澹道：「在想岑堇天？」

「嗯。」庚晚音嘆息。

她以前看文的時候，專喜歡看刺激的大場面，群雄逐鹿、金戈鐵馬……岑堇天種田的片段全被跳過去了。

「等到自己來了這個世界，才發現他才是真的救萬民於水火。有那樣的一生，的確不算虛度了吧。」

馬車搖搖晃晃，夏侯澹半開玩笑道：「不必妄自菲薄，妳也在救萬民於水火。」

「我？」

「客觀來說，如果能幫大夏挺過那場旱災，妳應該名垂青史才是。」

庚晚音失笑著低下頭。

片刻後她又吸了口氣，猛地抬頭道：「好，我也不想虛度此生了。」

夏侯濬一愣，「什麼？」

「按照原文，端王用最大的代價登上了皇位，那我就要用最小的代價挫敗他。預防旱災只是第一步。他還要跟燕國殊死一戰，一將功成萬骨枯——咱們戰都別讓他戰。」

她目光炯炯地盯著夏侯濬，胸腔裡鼓動著新的鬥志，「我好像還記得一點燕國的設定，這一仗不是非打不可，外交吧。」

夏侯濬道：「好。」

「還有，他勤王的時候還要跟太后打一仗。但如果咱們搶在那之前成長到足夠強大，震懾住他們，就能不戰而屈人之兵。」

「好。」

「還有……」庾晚音頓了頓，「你是不是在笑？」

夏侯濬搖頭，「只是一想到我們做的一切都發生在一本書裡，就覺得有些荒誕。」

這個問題庾晚音也想過了，「但就像莊周夢蝶，你又怎麼知道外面那個『真實世界』不是另一本書呢？」

「確實不知道。」

「對吧，誰能保證自己的存在是真實的？我懶得為此糾結了。」庾晚音揮揮手，像要把這個問題打散成煙，「哪怕註定是死亡結局，我也要在死前多做點事。」

夏侯濬道：「好。」

「你為什麼一直說『好』？」

「好，那我就捨命陪君子。」他笑道。

張三一年年地長大了。

鐵線蓮還在一年年定期綻放，他卻已經很久沒想起那叢花了。

因為，隨著皇帝逐漸老邁，而自己年紀漸長，他意識到一個新的可能性：那個作為女主角的「惡魔寵妃」，也許並不是他父皇的妃子，而是他的。

等到他當上皇帝，她才會登場。

這個發現並沒有帶來多少安慰。因為他穿來前雖然只瞥了文案一眼，卻清楚地記得，女主角是妃子，男主角卻不是皇帝。

那麼，按照正常小說的套路，他這個皇帝應該是反派——註定慘死的那種。

不僅如此，他還開始懷疑這篇文的男主角是他的皇兄。

夏侯泊活著熬到了出宮建府，被封為端王。

這年輕王爺在朝中毫無根基，於是經常主動請去戍邊。他在邊塞之地混了幾年，從備受欺凌的小白臉混成了文韜武略的將領，跟武人們打成一片，歸來時總帶著大大小小的軍功，還被老皇帝賜了儀仗。

夏侯泊走的完全是男主角路線。

而張三，正被來自整個世界的惡意推向一條反派之路。

按理來說，端王明顯比張三更適合當太子。但繼后當然不會讓這種事發生，她需要的是容易控制的傀儡。

兩股勢力明爭暗鬥之下，張三在一年之內遭了四次暗殺。睡夢中遇刺，用膳後嘔血，不斷地重傷，又被搶救回來。端王要他死，太后要他活。

他開始徹夜難眠，偏頭痛愈演愈烈。有時幻聽，有時以為是幻聽，結果是真刺客。

等到老皇帝駕崩，張三即位，坐在龍椅上往下一看，朝堂中除了繼后黨——現在該叫他們太后黨了——還多了一批與之分庭抗禮的端王黨。

唯獨沒有幾個擁皇黨。連他的帝師們都是太后安排的。

在這個世界，他現代人的背景不是優勢，而是劣勢。論心機，論權謀，他的義務教育幫不上任何忙。

滿朝文武，他找不到一個可堪信任之人。

大廈將傾，獨木難支。

但張三不信命，就算是死，他也要掙扎過再死。

憑著直覺，他找到了胥閣老——因為這老臣不像其他臣子那樣巧言令色地哄他，反而時常拉下臉，搬出一番大道理來教育他。

同時也因為胥閣老在朝中混得不如意，處處受人排擠。

張三認定這人是真的向著自己，於是對他恭恭敬敬，請教了許多問題。胥閣老建議他施行的政策總是遇到重重阻礙，而越是如此，他就越放心。因為如果那些建議是錯的，太后與端王便不會來攔。

直到有一次，胥閣老勸他除掉某個大官。

胥閣老言辭懇切：「此人一直欺上瞞下監守自盜，而且與端王狼狽為奸，勢力發展得盤根錯節，必須儘早拔除。」

他信了，費了許多功夫收集罪證，在早朝時突然發難，將那貪官押入大理寺，不日便處斬了。

那是他殺的第八個人。

那次行動出乎意料地順利，甚至有些順利過頭了。他沒有受到任何阻撓。

下朝之後，有個留著八字鬍的小官員跑來找他，聲淚俱下地稱他受了矇騙。

這八字鬍一直是太后黨的人，此時卻大表忠心，說自己其實早已不堪太后折辱，想要效忠陛下；而那胥閣老才是真正的太后心腹，性本奸回，一直以來將陛下哄得團團轉。

「他藉陛下之手除去那貪官，其實是剪掉端王的羽翼，為太后除去一患呀！」

八字鬍呈上了無數證據。有太后的筆跡，也有胥閣老的筆跡。

張三不敢相信，偷偷去太后處查看，恰好看見胥閣老與太后走在一起，言談甚歡。

兩個月後，八字鬍出面彈劾胥閣老。

張三沒殺胥閣老。他下令將胥閣老抄家流放。

胥閣老一言未發，對他重重磕了幾個頭，就讓人拖走了。

這次行動也出乎意料地順利。

張三隱隱覺得不對，卻又捋不清到底是哪一步出了錯。

隱忍幾年之後，他才一點一點地拚湊出當年的真相。

八字鬍是太后的人。而彈劾胥閣老，卻是與端王合謀的。

八字鬍憑此一功在太后黨中站穩了腳跟，一步步爬到了權力中心，後來還加封太傅——他姓魏。

那個時候，張三已經動不了他分毫了。

張三信不信命，其實無關緊要。

世界需要一個反派，太后需要一個傀儡，而端王需要百姓記住一個罪人，為天災、為人禍、為他們連年的歉收負責。

他來了，他就成了這個人。

馬車猛然一停，接著猛然加速，將夏侯澹從淺眠中驚醒了。

庚晚音也嚇了一跳，掀簾問道：「怎麼了？」

駕車的侍衛道：「暗衛發現有人跟蹤。來的只有一個人，但武功甚高，暗衛拿不住他，北大人去對付他了——屬下先護送陛下與娘娘回宮。」

「慢著。」夏侯澹皺眉道：「只派一個刺客？不像是端王的作風。讓北舟生擒他來問話。」

侍衛回頭瞇著眼望了望，「北大人尚未與他分出勝負。」

庚晚音驚了：「怎麼可能？」

北舟可是全書武力值天花板，單挑未逢敵手。

「似乎已過了三十多招了。」侍衛實況轉播中，「奇怪的是兩人都未出殺招。」

庚晚音忍不住了，從車窗裡探出腦袋朝後望去，瞬間被一陣勁風吹亂了頭髮。

為了隱蔽行事，他們一直在繞路，此時正穿過一條寬度只能容下一輛馬車的暗巷。

巷子盡頭，飛沙走石，劍風狂亂，兩道飄逸的剪影正鬥得天昏地暗。

庚晚音肩頭探出另一顆腦袋。夏侯澹問：「原文裡有這麼個人嗎？」

「反正我不記得了……」

「喝！」一聲清叱傳來，跟著是「嗖嗖」的破空之聲。

實況轉播的侍衛道：「可惡，刺客投了暗器！」

暗巷狹窄，避無可避，只見北舟忽然一腳蹬在牆上，如大鵬展翅般騰空而起，半空團身翻了個跟斗。刺客的暗器紛紛頹然落地。

北舟一個跟斗翻完，人尚未落地，對著刺客長袖一甩，破空之聲又起。

他的暗器顯然密集得多，「咻咻咻」不絕於耳，聽聲音儼然已經將人射成了篩子。

夏侯澹道：「留人──」

那刺客也同時大叫道：「好了！我不是刺客，你看不出來嗎？饒命啊！」

聽聲音是個年輕人。

北舟悠然道：「你若是刺客，哪裡還有命在。」

侍衛停下馬車，護著夏侯澹和庾晚音走近些許，警惕地看著來人。

北舟的暗器沒有射中他，而是圍著他的腦袋、四肢，在牆上釘出一幅人體描邊圖。

他僵在原地動彈不得，只能頹然道：「認輸，我認輸。」

北舟道：「你是何人？」

年輕人轉頭瞥了夏侯澹一眼，笑道：「我姓白，你可以叫我阿白。」

離得近了，庾晚音逆著光看清這人的形容。身材高大，黑巾蒙面，只露出眼睛。那雙眼瞳望過來時出奇地清亮，即使在暗巷裡也如淬過火的琉璃一般。她記得這好像是內功深厚的表現。

「不要動。你這身功夫是從何處學來的？」北舟並未放鬆，仍舊抬起一臂對著他，五指將鉤未鉤，似掌似爪，也不知道是哪門子起手式。剛才人體描邊用的暗器全部深深嵌入牆壁中，磚灰撲簌簌地往下掉。

阿白僵立著，忽然問：「你是北舟？」

北舟一愣。

阿白道：「我們不認識，但你應該記得無名客吧？他是我師父。」

無名客雖然沒有名字，卻聲震江湖，是個仙風道骨的絕世高人。北舟早年四處遊歷時另有奇遇，曾得他指點一二，與之結成了忘年交。

某次喝酒時，無名客問他為何一直漫無目的地遊蕩。北舟心情鬱鬱，說起宮中早逝的慈貞皇后：「故人已逝，我也不知何去何從。」

無名客當場以手蘸酒，在地上算了一卦，末了勸他道：「回都城看看吧，或許會見到故人之子。」

阿白道：「我師父前段時間夜觀天象，不知發什麼神經，非要讓我立即出師，到都城來跟著你混。」

他從懷中摸出一張皺巴巴、髒兮兮的信紙，遞給北舟。

北舟讀了一遍，面露疑惑：「確實是他的筆跡。但我看不懂他在寫什麼。」

阿白道：「哦，他說這封信不是給你的，是給皇帝的。」

默默站在一旁的夏侯澹開口了：「給朕看看。」

阿白猛地轉頭，浮誇道：「皇帝？活的皇帝！」

夏侯澹：「……」

夏侯澹暗中遞了個警告的眼神給他。

阿白卻變本加厲：「好俊喲。」

夏侯澹：？

夏侯澹讀了一遍信，面色凝重，轉手遞給庾晚音。

只見信紙上筆走龍蛇地寫了兩行字：皇命易位，帝星複明。熒惑守心，吉凶一線。五星並聚，否極泰來。

庾晚音剛看見頭四個字就驚了。

皇命易位？這絕對不是什麼相術占卜的通用說法。只有穿越者能看懂，這就是明明白白地告訴你：我知道你換芯子了。

整段話翻譯過來就是：我知道你換芯子了，而且換來的人當皇帝可以改變國運。但你命途凶險，只有一線生機，要置之死地而後生，才能化險為夷。

庾晚音與夏侯澹對視一眼，心道：這才是真的開了天眼吧。

阿白道：「師父說你天縱奇才，算是半個大師兄，讓我向你多學學。我心想著有多奇才啊，有我奇才嗎，就……」

北舟道：「就先找我打了一架？」

阿白哼哼了一聲。

北舟瞧著這便宜師弟，心中有些惜才，面上卻調笑道：「服了嗎？」

阿白顧左右而言他：「所以你在都城就是給皇帝當護衛嗎？能帶我嗎？」

北舟看向夏侯澹。

夏侯澹道：「朕有北叔已經夠了。」

「別啊，難得我師父一番好意，送我來供你差遣。」阿白在皇帝面前絲毫不怵，甚至有點嬉皮笑臉，「多收我一個也不打緊吧？我的功夫也很好的，可以保護這位——哇，大美人！」

他看著庾晚音。

庾晚音道：「……謝謝。」

夏侯澹又瞪了他一眼。

庾晚音心裡也在權衡。原文裡沒有阿白這號人物，但如今多了兩個穿越者，驚動了原本世界裡的高人，倒也說得通。

夏侯澹恰在這時低聲問道：「北叔，那個無名客……」

北舟作保道：「無名客退隱已久，不理俗事。他會送來這封信，應是算出澹兒你能保社稷安穩。這小子用的確實是他教的功夫，應該可信。」

夏侯澹便點點頭，對阿白道：「跟我們回去吧。」

一行人在夕照中回了宮。

夏侯澹說要替阿白安排個職位，帶著他走了。

北舟又用縮骨功換回嬤嬤扮相，陪著庾晚音回了貴妃殿，「那叔先回房了。」

「北叔，」庾晚音卻跟著他進了房中，「我有點事問你。」

「什麼？」

庾晚音笑道：「今天你用暗器打穿牆壁，不完全是靠手頭功夫吧？別那樣看著我，我只是猜的。」

北舟仍舊驚疑不定：「妳是如何……」

「第一次見面的時候，你的匕首穿透了一扇木門，仍舊來勢不減，讓那刺客當場斃命。後來在舟上，你袖中發出的暗器不僅能平飛上岸，而且還能連環發射，完全不停歇。」

庾晚音探究地看了看他的袖子，讚嘆道：「北叔真是心靈手巧，我對機關術也有些興趣，卻死活想不出，何等精妙絕倫的機栝才能做到那樣的效果。」

她的分析過程完全是編的。

她知道北舟是個機關術天才，是因為原文就是這麼寫的。

當初她帶著夏侯澹去找這人，心裡就存了一個念頭。只是北舟視自己的機關發明為絕密，需要共處一段時間，培養一下信任感，才方便對他提起。

果然，北舟一愣之後大笑道：「晚音竟如此聰明。不過也難怪妳琢磨不出來，這機關只有我能驅使。」

他抬起手臂，五指一屈一張，袖中「哢嗒」一響，「機栝零件貼合我周身，需要強大的內力催動。真氣一轉，可以源源不斷發出暗器，而且射程極遠，無堅不摧。」

庾晚音配合地驚嘆了一番，接著面露難色。

北舟以為她會要求一探究竟，正想婉拒，卻聽她道：「北叔有沒有想過造出更強大的機栝？比如，不是用內力催動，而是用火藥？」

「火藥？」北舟來了興趣。

「嗯，我覺得以陛下如今的處境，需要一點防身的設備。」

與此同時，阿白將一大把藥丸塞給夏侯澹，「都試試，我走南闖北的時候四處搜羅的，全是什麼偏方、祕藥。」

夏侯澹無奈道：「差不多也該放棄了吧。」

「不行，這是我師父當初交代的任務之一。他算出我能幫到你，我就一定能幫到你。」

夏侯澹道：「行吧。」

阿白在他對面坐下，十分嫻熟地幫自己倒了杯茶，「朝中如何？」

「有點變化，說來話長。你先說說你那邊如何。」

「那也說來話長……最近幹掉了兩個關鍵人物，為了低調行事費了些功夫……」

夏侯澹擺弄著那張皺巴巴、髒兮兮的信紙。

無名客算出夏侯澹換了芯子、寫信給他、送徒上門，這一連串都是真事。只不過，這封信是五年前寫的，他們的初識也發生在五年前。

阿白彙報了片刻，留意到他的動作，笑道：「花那麼大力氣跟我演那場戲，是為了騙過我那師兄嗎？」

「北舟好騙。不是為了他。」

阿白恍然大悟：「那就是為了騙過那大美人。」

「放尊重點，那是貴妃娘娘。你在她面前要裝作剛認識我的樣子，別露出馬腳。」

阿白心念一轉，興奮道：「她就是你一直在等的那個人吧？」

「不是，是另一個。」

「啊？」

夏侯澹面無表情道：「我等錯了，但她來對了。要是她沒來，我早已經死了。」

阿白皺眉道：「是我太笨還是你沒說清楚？」

「是你太笨。」

阿白：「……」

他突然露出一個惡劣的笑容：「你喜歡她，對不對？」

夏侯澹：？

夏侯澹道：「說喜歡就狹隘了。」

「那就是不喜歡？」

夏侯澹：「……」

阿白居然沒有聽到反駁，稀奇地看著他：「真的不喜歡？」

夏侯澹仍是沉默。

喜歡、憧憬、傾慕——他覺得自己胸腔裡湧動的東西配不上這些花好月圓的名號。它是一片深不見底的劇毒的海，其中只生長著黑色的海藻。

阿白一躍而起，奪門而出，「那我就不客氣了。」

夏侯澹：？

阿白重新戴好黑巾，一路摸到貴妃殿，本想直接溜進去，結果卻驚動了暗衛，召喚出庚晚音。

他大喇喇地道：「貴妃娘娘，我來找師兄切磋。」

「噓——」庚晚音將他拉進去，悄聲道：「北叔在這裡是北嬷嬷，不顯露身手的。我可以帶你去見他，你們另找地方打吧。」

「……北什麼？」

庾晚音將他帶進偏院，敲開北舟的房門，「北嬤嬤。」

北嬤嬤疑惑地看著阿白。

阿白對著他渾身直抖，終於憋不住了：「哈哈哈哈，什麼玩意？」

北嬤嬤「嘖」了一聲，搖搖頭，「還沒被揍夠是不是？來吧，讓嬤嬤疼愛你。」

房門一關，裡頭乒乒乓乓響了一陣，阿白灰頭土臉地出來了。

庾晚音忍俊不禁：「你說你圖什麼。」

阿白撓著頭，雖然遮了臉，但也能看出是在對她傻笑。

人在深宮待久了，見到這些不拘一格的江湖人，自然覺得有趣。庾晚音轉身道：「喝杯茶歇歇吧。」

阿白看著她窈窕的背影，「娘娘。」

「嗯？」

阿白左右一看，有一片花圃，姹紫嫣紅開得正好。

他原地擺開陣勢，雲手一舞，掌風催動，捲起一陣清風。

庾晚音剛走出兩步，忽見無數花瓣從身後飄到眼前，在最後一抹金紅色的夕照中翻飛起舞。

她整個人被籠罩進一團香霧裡，驚訝地回頭。

夏侯澹正站在她身後。

兩個人在如夢似幻的場景裡對視著。

庾晚音忽然有些臉熱，「你怎麼來了？」

夏侯澹微笑道：「找妳用晚膳啊。」

不遠處，毫無預兆地淪為人形鼓風機的阿白：「……」

夏侯澹拉著庾晚音回屋用膳，阿白則展現了鍥而不捨的精神，死纏爛打地跟了過去，「加一副碗筷唄？」

庾晚音驚到了。江湖人膽都這麼肥嗎？

夏侯澹看了他一眼，面無表情道：「去把那一地花瓣處理了。」

阿白回頭看了看，「有宮人在掃了。」

「那去把花圃重新種了。」

「別這麼小氣，就讓我蹭一頓唄……」

夏侯澹咳了一聲，用眼神警告他：別蹬鼻子上臉，說好的裝作不熟呢。

阿白頓了頓，收斂一下語氣，「我不會白蹭飯的。聽說陛下對燕國的消息有興趣？」

庾晚音一愣，道：「你知道燕國的事？」

她腦中的燕國就是一團模糊的馬賽克，只是隱約記得有個內亂設定，細節全沒認真看。如今想要引進燕黍、消弭戰禍，便琢磨著先從他們內部分出派別，再借力打力。

「知道知道，我知道好多東西呢，我還殺過……」

夏侯澹重重一拍阿白的肩，打斷他的話頭，氣壓很低地說：「坐下。」

夏侯澹揮退了布菜的宮人，只剩三人圍坐於桌前，阿白如願以償地坐到庾晚音旁邊。

他左右看看，抬手揭下蒙面巾，吃了起來。

庾晚音好奇地看著他的臉，是個相當清俊的年輕人，氣質上完全是夏侯澹的反義詞。膚色略深，似乎經常在外；一口白牙，專揀肉吃，塞得腮幫子鼓鼓的。

阿白灌了口酒，突然轉頭對著庾晚音悶笑，那眼神似乎在說：看我呢？好看嗎？

庾晚音：「……」

江湖人都這麼不怕死嗎？

她忍不住瞥向夏侯澹。夏侯澹也不知有沒有留意到這裡的戲碼，淡然道：「說正事。」

「哦，對對，燕國。燕國就是個落後小國，窮，糧食、布匹都少，所以總想搶我們的。」阿白嗤笑，「都是些未開化的蠻人，但一個個挺能打，跑得又快，每次攻進來燒殺擄掠，搶光了又走了。」

庾晚音道：「那不就是強盜嗎？」

「妳說他們是強盜，他們還恨我們呢，盼著夏人全死光了，把地讓給他們。」

夏侯澹道：「燕國王室如何？」

「叔姪爭權。現在的燕王叫紮欏瓦罕，他姪子叫圖爾，是燕國第一高手。叔姪倆哪兒哪兒都不對付，只有一點志同道合，就是都恨大夏。有個祕聞，說他們在爭相往大夏送刺客，比誰殺掉的王公貴族多——不為什麼計謀布局，只是為了恨。」

庾晚音扶額道：「哪來這麼大仇啊？那這兩人中有誰可能被策反嗎？」

阿白大搖其頭：「都不太可能。燕王在陣前被夏人弄瞎了一隻眼睛，圖爾呢，跟咱們陛下有點恩怨。」

「恩怨？」

夏侯澹在桌下踹了阿白一腳。

阿白反而猛然加快了語速：「娘娘沒聽說過珊依美人嗎？珊依是圖爾青梅竹馬的老相好，當年被送入大夏宮中獻舞，出盡風頭。然而陛下無情哪，只封了個美人。結果沒過多久，她行刺陛下未遂，被誅殺了。燕國也是以此為由宣戰的。」

夏侯澹：「……」

庚晚音道：「……哦，我一時忘了。」

這種宮闈祕史，她就算是原主也不一定能打聽到。

話又說回來，這個阿白是怎麼打聽到的？

庾晚音的念頭剛轉到這裡，夏侯澹就伸筷替她夾了塊魚，「無論能不能成功，先派人去與他們分別談談吧。和談止戰是國之大計，他們中若有賢明的君主，應當懂得把私事放到一旁。晚音，妳覺得派誰去合適？」

庾晚音被轉移了注意力，「哦……之前招安的那幾個學子裡，汪昭是個外交人才，又會燕語。」

「行，就他吧。」

「但為防端王起疑，我們的一切動作都要隱蔽，不能在明面上派使臣，只能把他偷偷送出去。西北邊塞有中軍看守，他一介書生，能平安溜出去嗎？」

阿白插言：「那乾脆別從西北出去呢？」

「大夏只在西北與燕國接壤呀。」

阿白搓搓手，解釋道：「是這樣，中軍洛將軍與端王有過命的交情，相比之下呢，左右兩軍跟端王的聯繫就鬆散一些。右軍坐鎮南境，領軍的尤將軍近日正好回朝述職。」

夏侯澹微微皺眉。

阿白看了夏侯澹一眼，帶著徵詢的意思：「依我看，不如為這個汪昭謀個一官半職，塞進右軍，讓他跟著尤將軍一道回南境？你們若是不放心，我陪他一道從軍，到時候由我護送他，一起尋機從西南邊溜出去，取道羌國，繞去燕國。」

庾晚音問：「羌國是什麼樣的地方？」

阿白不以為意地揮揮手，「比燕國更小、更封閉，有時會幫燕國當強盜，戰局一壞就自己跑了，不足為慮。」

夏侯澹仍然皺著眉，搖頭道：「從軍不安全。畢竟是在尤將軍眼皮子底下，更容易暴露。讓他混進商隊吧。」

阿白張了張嘴。

夏侯澹沒給他開口的機會，「你不能跟出國，有其他用你之處。」

夏侯澹派了幾個暗衛護送汪昭。

汪昭啟程時，不帶詔命，沒有名號，也無人餞行。一輛商車，輕裝簡行，踏著未晞的朝露默默上了官道。

他將分別接觸燕國那對叔姪，向他們提議止戰通商。

大夏當前最急需的商品是燕黍，但為避人耳目，也為了讓這份提議更誘人，汪昭主張列出一份長長的清單，讓燕人用當地特產換取大夏的糧食與布匹。至於燕黍，仍然低調地藏在附帶的列表裡。

夏侯澹去上朝了，派了阿白偷偷去送汪昭。

阿白回來時，帶給庾晚音一則最新八卦：「昨晚禁軍統領喝醉酒，掉進池塘溺斃了。」

庚晚音想起什麼，「那個什麼趙副統領取而代之了嗎？」

「應該是這麼任命的吧。妳怎麼知道？」

庚晚音搖搖頭。

端王在照著胥堯記錄的那些計畫，一點點地蠶食太后黨的勢力。

這是好事，說明他目前的主要精力還是用來對付太后。己方還可以韜光養晦很久，直到……

庚晚音突然一個激靈。她忘了一個大問題，謝永兒也知道旱災的事。

胥堯留下的書裡沒有提及旱災，說明謝永兒目前還沒告訴端王。或許她覺得那個未來十分遙遠，自己突然放出預言，反而不好解釋。又或許，她相信那是板上釘釘的事，說與不說沒什麼差別。

但是，她看見一步步推行的開中法、即將發生的邊境交易，遲早會推測出己方的計畫。

只要她在燕黍播種入地前一開口，一切就泡湯了。

必須堵住她的嘴啊！

可是拿什麼去說服她？如果將事實全盤相告，能打動她嗎？

謝永兒一心走著千古一后之路，一旦發現還有兩個穿越者威脅到自己的地位，她會不會索性破釜沉舟，讓端王將他們弄死？

他們敢做這樣的豪賭嗎？

她還沒來得及去找謝永兒，卻又收到了端王派人遞進來的紙條。

夏侯泊在密會專用破屋裡等著她。

「晚音，最近用天眼看見什麼了嗎？」

庚晚音胡編亂造了一堆無用的線索，從某地花開，到某大臣陽痿。

夏侯泊微笑著聽她胡扯，末了道：「我聽說，皇帝身邊的那個高手又出現了，這次是在宮裡。」

庚晚音心中「咯噔」一聲。

怎麼可能？他怎會發現北舟？北舟自從在湖上暴露一次之後，就切換到北嬤嬤的裝扮，在宮裡再未顯露過身手……

端王凝眉道：「此人不除，十分危險。妳能不能預言一番，我們要如何除掉他？」

庚晚音：「……」

她試探著問：「消息可靠嗎？殿下是聽誰講的？」

夏侯泊看著她輕笑一聲，像是在笑她的道行之淺，「我在夢中用天眼看見的。」

庚晚音：「……」

你自己剛剛還說是聽說的，混帳玩意！

庚晚音拖延時間，原地盤腿坐下，結了個蓮花印，裝神弄鬼道：「那我試試。」

夏侯泊饒有興趣地望著她，「請便。」

庚晚音閉眼裝作小憩，心中一片混亂。

是誰告的密？誰有機會識破北嬷嬷天衣無縫的偽裝？

緊接著她靈光一閃——北舟沒有顯露過身手，但有一個人顯露了。

那掌風中漫天亂舞的花瓣。

那萎靡一地、留待宮人清掃的落紅。

庚晚音打了個粗糙的腹稿，睜開眼睛，緩緩道：「我看見一個高大的男子，走過一道迴廊。」

她瞥向夏侯泊。

夏侯泊沒有異議，「何處的迴廊？」

好，告密的人看見的是阿白。

庚晚音心中飛快地算計著，嘴上磕磕絆絆道：「好像是御花園旁邊……又好像不是……他身邊還有別人……唉，倉促之間實在看不清了。謝妃為殿下算過嗎？」

夏侯泊溫柔道：「我先找妳。晚音若是三日之後還未算出，我再去問問永兒。」

庚晚音拖著腳步回了貴妃殿。

夏侯泊那句話說得柔情似水，但她知道那是最後通牒：給妳最後一次機會表忠心，妳若還是不能為我所用，就該消失了。

她仍然想不通告密的叛徒是誰。北舟、暗衛，都是原作中忠於夏侯澹到生命盡頭的人。

如果是暗衛不忠，早在北舟初入宮來祕密訓練他們時，端王就該得到消息了，也不會在湖上一戰中毫無準備。

這個叛徒只知道一個高手的存在，而不是兩個……

庚晚音走向臥房的腳步一頓，半途轉向，走到後院尋到一名值崗的暗衛，「你有沒有看見，那日在院中清掃落紅的宮人是誰？」

「小姐，別光吃點心，喝些茶。」小眉笑咪咪地端著茶水送到庚晚音面前。

庚晚音不動聲色地打量著這個隨嫁丫鬟。

原作裡的小眉沒有活過半本書。在宮鬥中，她被謝永兒整死了。

庚晚音之所以從未懷疑過她，是因為她在原作中只是個老實本分的工具人，並未作過妖。

庚晚音嘆了口氣。

小眉好奇道：「小姐為何愁眉不展啊？」

「唉，剛才在外面看見端王，他似乎衝撞了陛下，在被杖責呢。」

小眉的手一抖，滾燙的熱茶潑了一手。

她不敢聲張，哆哆嗦嗦地放下茶壺，將通紅的手背到身後。

庾晚音只當沒看見，「也不知打得狠不狠，傷勢如何。」

小眉咬了咬唇，「奴婢去為小姐看看？」

「妳瘋了嗎？要是被陛下拿住了，我該如何解釋？」

小眉頓了頓，低眉順眼道：「回頭再打聽也是一樣的。」

她退下了。

庾晚音對角落裡的暗衛點點頭。

暗衛悄無聲息地跟了出去，片刻之後，提著後領將小眉拖了回來，押著她跪到庾晚音面前，「娘娘明察秋毫，這宮女偷跑了出去，正在四處尋找，被屬下拿住了。」

小眉驚慌失措道：「小姐，這是怎麼了？」

庾晚音道：「妳是何時勾搭上端王的？」

小眉：「……」

「不必狡辯，我都查過了。」庾晚音詐她。

小眉咬著牙不認，「奴婢不認識端王呀……啊！」

暗衛捏碎她一根指節。

小眉涕泗橫流道：「小姐入宮之前的元夜，奴婢跟在妳身邊，在花市街道上初遇了端王殿下，心折於他的姿容氣度……後來他偶爾也會來找奴婢閒談兩句。在這世上，第一次有人把奴婢當人看……」

庚晚音冷笑道：「所以他問什麼，妳就答什麼？妳一直把我的消息傳給他？」

小眉喘著粗氣不言語。

「我沒有把妳當人看嗎？」

小眉眼中閃過一絲怨毒，「小姐對奴婢很和善。所以奴婢見妳與殿下兩情相悅，便將這份情愫深藏於心，未敢顯露分毫。」

「既然如此，妳又為何——」

小眉不忿道：「可妳明明早已移情於陛下，為何還要吊著端王，任他為妳日漸憔悴！」

庚晚音差點氣笑了。

這時她突然想到另一件事，「我一直想不明白，那天端王為何能找到湖邊。如今回想起來，出宮之前幫我換裝易容的，正是妳嘛。可我並未告訴妳我要去哪裡，妳是如何猜到的？」

小眉已經放棄了抵抗，「殿下問起，我便說了妳是從哪道門出的宮，他馬上派人跟了出去。」她面有得色，「殿下聰慧過人，早就不信妳了。」

庚晚音真實地氣笑了，「好，好啊。妳還告訴過他什麼？」

「怎麼，現在知道怕了……」

小眉殺豬般地尖叫起來。暗衛捏碎她第二根指節。

庚晚音耳膜裡嗡嗡作響。她集中注意力仔細回想一番，略微放下心來——她跟夏侯澹商量事情時習慣於揮退所有人，宮人探聽不到什麼核心祕密。

暗衛問：「娘娘，殺嗎？」

庚晚音下意識想要搖頭，動作到一半，又頓住了。

留下這個隱患，即使是將她逐出宮去，端王也會立即明瞭自己的立場。他還一定會救下小眉，物盡其用，讓她把自己每一天的起居錄細細道來。

庚晚音想像不出他能從中推敲出多少東西。

暗衛問：「娘娘？」

庚晚音又要點頭，卻發現腦袋重若千斤。

小眉蜷縮於地，瑟瑟發抖。

良久，庚晚音深吸一口氣，「不想死的話，去替我辦一件事。那淑妃自我當上貴妃之日起，就處處為難於我。妳去為我毒死她，只要不被發現，我就饒過妳一命。」

小眉連滾帶爬地出去了。

暗衛望著庚晚音。

庚晚音的指甲深深嵌入掌心，努力抑制著聲音的顫抖，對他說：「跟著她，讓淑妃抓她的現行。」

她不能留活口。不僅如此，為了蒙蔽端王，她還要借刀殺人。

庚晚音獨自枯坐在室內，只覺得渾身如墜冰窟。

不知過了多久，暗衛回來稟告道：「淑妃娘娘發現小眉在廚房裡下毒，命人杖斃了她，此刻正趕去找陛下主持公道。」

庚晚音道：「我知道了，你下去吧。」

庚晚音吐了一地。

她喚來宮人取水，漱了口，又吐了第二次，只覺得連膽汁都要嘔出來了。

這是她殺的第一個人。

夏侯澹來了，「那什麼淑妃說妳派人毒她，被我打發走了。這是怎麼了？」

他仔細望著庚晚音的臉色，語氣凝重了許多，「發生什麼事了？」

庚晚音強迫自己冷靜下來，複述一遍經過，又說：「做戲做全套，你得處罰我，降為嬪位、關關禁閉什麼的。」

夏侯澹沉默著點頭。

庚晚音道：「對不起。」

夏侯澹一哂：「這有什麼好對不起的……」

「對不起，湖上那日，我不該懷疑你自導自演。」

庾晚音低著頭，看見夏侯澹的手臂古怪地動了一下。他似乎想要張開一個擁抱，又克制住了。

「沒關係，我知道妳害怕。」

庾晚音悲從中來，嗚咽著抱住了他。

「沒事了，」夏侯澹緩緩拍著她的背，「被人背叛很難受吧？雖然是紙片人，但畢竟認識那麼久了。殺人也很難受吧？之前沒想到會有這麼難受，對不對？」

庾晚音道：「我太菜了，我怎麼這麼菜啊！」

夏侯澹失笑，「妳只是正常人。」

他有一下沒一下地拍撫著她，「妳以後如果必須除掉什麼人，告訴我，讓我去處理。」

庾晚音不安地動了動，想要抬起頭，「為什麼呀？」

夏侯澹將她按回自己肩上，「可能是因為我穿來之前演過古裝片吧，比妳適應一些。讓我來做也是一樣的，妳……就不用適應了。」

在她看不見的地方，他的神情遠比聲音嚴肅，「妳永遠都不需要改變。」

庾晚音心緒稍平，才猛然想起端王那句赤裸裸的威脅。

她深吸一口氣，支起身子切換成敬業社畜模式，「這事棘手得很。他不允許你得到任何助力，已經決意除去阿白，而且還要我三天之內遞消息。」

夏侯澹看了看自己被洇濕一片的肩頭，不知在想什麼。

庾晚音道：「我跟你走得太近，全被小眉這白眼狼傳出去了，現在想取信於他，難如登天。但在你悶聲辦成大事之前，我不能上他的黑名單。」

夏侯澹隨口問：「妳的意思是，將計就計？」

庾晚音心知此事艱難，遲疑道：「但又不能真的送阿白去死。」

「阿白一直蒙面嘛，我們可以找個身形相仿的替死鬼。」

「端王可沒那麼好唬弄。就算外形可以模仿，身手呢？武力上能模仿阿白的恐怕只有北叔了……」庾晚音突然眼睛一亮，「我有個想法。」

——《成何體統》未完待續——

高寶書版集團
gobooks.com.tw

YE 040
成何體統（上卷）
作　　者　七英俊
責任編輯　吳培禎
封面設計　張新御
內頁排版　彭立瑋
企　　劃　何嘉雯

發 行 人　朱凱蕾
出　　版　英屬維京群島商高寶國際有限公司台灣分公司
　　　　　Global Group Holdings, Ltd.
地　　址　台北市內湖區洲子街 88 號 3 樓
網　　址　gobooks.com.tw
電　　話　(02) 27992788
電　　郵　readers @ gobooks.com.tw（讀者服務部）
傳　　真　出版部 (02) 27990909　行銷部 (02) 27993088
郵政劃撥　19394552
戶　　名　英屬維京群島商高寶國際有限公司台灣分公司
發　　行　英屬維京群島商高寶國際有限公司台灣分公司
初　　版　2023 年 6 月

成何體統 By 七英俊
由中南博集天卷文化傳媒有限公司授權出版

國家圖書館出版品預行編目 (CIP) 資料

成何體統 / 七英俊著 . -- 初版 . -- 臺北市：英屬維京群島商高寶國際有限公司臺灣分公司，2023.06
　冊；　公分 . --

ISBN 978-986-506-755-7(上冊：平裝). --
ISBN 978-986-506-756-4(中冊：平裝). --
ISBN 978-986-506-757-1(下冊：平裝). --
ISBN 978-986-506-758-8(全套：平裝)

857.7　　112008689